KB103573

PICKUP ARTIST

WHAT ATTRACTS WOMEN

"여자를 매혹시키는 12가지 비밀"

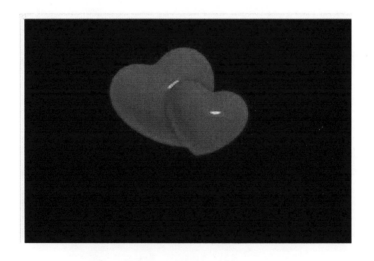

Dennis Miedema

번역 김어진

무엇이 여자를 매혹시키는가

- WHAT ATTRACTS WOMEN -

"바로 오늘 여자를 끌어당기는 자석이
되는 법"

"여자를 매혹시키는 12가지 비밀"

픽업아티스트, 무엇이 여자를 매혹시키는가

부 제 | What Attracts Women
발 행 | 2016년 07월 11일
저 자 | 데니스 미에디머
펴낸이 | 한건희
펴낸곳 | 주식회사 부크크
출판등록 | 2014.07.15.(제2014-16호)
주 소 | 경기도 부천시 원미구 춘의동 202 춘의테크노파크2단지 202동 1306호
전 화 | (070) 4085-7599
이메일 | info@bookk.co.kr

ISBN | 979-11-272-0157-9

www.bookk.co.kr
© 김어진 2016

남자들이 모르고 지나치는 비밀

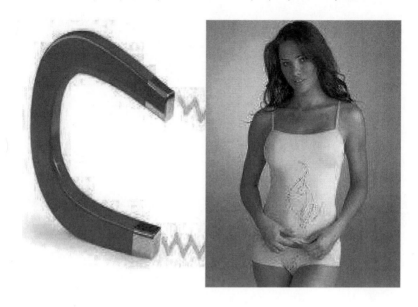

100% 실패하는 나이스 가이에서 "여자 킬러"가 되기

당신은 좋아하는 여자가 왜 당신이 아닌 저기 저 남자와 함께 다니는지 그 이유를 아는가? 그리고 그것 때문에 화나지 않는가?

아름답고 흥미로운, 매력적인 여자와 대화하는 데 많은 시간과 에너지, 감정을 투자했는데... 나중에 그녀가 "단지 친구 사이로 남고" 싶어 하는 걸 알게 되는 것이 지치지 않았는가? 절박해지고 있지는 않은가?

당신은 가장 짧은 시간 안에 많은 노력 없이 가능한 한 많은 여자를 만나고 싶은가? 그리고 이상적으로, 그녀들의 감정도 상하게 하지 않고서?

이 질문에 하나 이상 "예스"라고 답했다면, 이 책은 당신이 이제까지 읽은 중 가장 중요한 책이 될 수 있다. 그리고 그 이유는 곧 알게 될 것이다.

친애하는 동지 여러분:

정말로 좋아하는 여자가 당신이 아닌 다른 사람을 좋아하는 모습을 보면 기분이 X같다.

그것은 시크한 여자와 친구가 되는 것과 같다. 함께 며칠, 몇 주, 심지어 몇 달씩 어울려 다니고, 그러고서 그녀한테서 그냥 친구로 남자는 말을 듣는 것처럼 말이다.

이제 이 모든 X같은 기분은 당신의 인생에서 빠르게 사라져버릴 것이다.

왜냐고?

내가 약속하기 때문이다. 이 책을 다 읽고 나면,

당신은 12가지 비밀 중 하나를 사용해서 자석처럼 여자를 끌어당기는 방법을 알게 될 것이다.

그리고 당신은 많은 노력 없이, 가장 짧은 시간에, 가능한 한 많은 여자들을 만나는 방법을 알게 될 것이다. 그들의 감정을 상하게 하지 않고서도!

그저 당신이 선택할 때마다 원하는 어떤 여자든지 얻을 수 있는 방법을 알게 될 때 인생이 어떻게 달라질지 상상해보라.

… 더 이상의 외로운 밤은 없다! 당신의 삶은 휴 헤프너(Hugh Hefner)의 인생과 닮기 시작할 것이다. 수많은 아름다운 여인들, 섹스, 완전한 만족, 얼굴에서 거의 떠나지 않는 미소....

… 여자가 다음에 무얼 하고 왜 하는지 몰라서 겪는 좌절과 절망은 더 이상 없다. 이제는 알게 되기 때문이다. 그리고 당신은 질투 많은 친구들과 심지어 **그녀**가 무슨 일이 벌어지는지 알아차리기도 전에 원하는 것을 갖게 될 것이다…

… 당신은 걷는 게 뭔지 거의 잊어버릴 것이다. 왜냐하면 다른 무엇보다도 침대에서 보내는 시간이 **더** 많을 것이기 때문에! 그리고 물론 당신 혼자 그 침대에 있지는 않을 것이다…

… 데이트를 하면서, 당신은 모든 "장사의 기술"을 알게 될 것이고, "진정한 짝"을 맞을 준비가 되어 있을 것이다. 그래서 기회가 왔을 때 절대로 다시는 꿈의 여자를 놓치지 않을 것이다…

이렇게 말하는 소리가 거의 들리는 것 같다. "헤이! 내 인생에서 이 모든 게 일어나도록 할 수 있다니, 그렇게 말하는 당신은 도대체 누구요?"

내가 이렇게 장담하는 것은 솔직히 말해서, 내가 그 자리에 있었기 때문이다. 당신이 지금 있는 그 자리 말이다.

내가 여자에게 다가가서 즐겁게 대화를 나누는 방법은 물론이고, 성적인 긴장을 창조해서 여자가 내게 입을 맞추고 데이트를 하거나 바로 그 자리에서 그 이상도 하게 만드는 방법을 알아내는 데에는 몇 년의 세월이 걸렸다.

이것을 내가 어떻게 시작하게 됐을까... 거칠고 힘든 시간이었다. 그리고 나는 많은 피와 땀, 눈물을 거쳐 사람들이

나를 "데이트 구루"라고 부르는 지금 이 자리에 오게 되었다.

총계적으로, 나는 지난 2년 동안 당신과 같은 보통 남자들 6,176명에게 30,880번의 전화번호를 얻는 방법과 15,403번의 데이트를 얻어내는 방법을 포함해서 여자와 무엇을 할지를 보여주었다.

따라서 나는 내가 말하는 것을 알고 있다고 믿어도 좋다.

하지만 여기서 분명하게 말하겠다.

비록 나는 영화와 커피에 대한 내 사랑을 떠벌리는 걸 좋아하지만, 내 성취나 조언에 대해 떠벌리는 것은 좋아하지 않는다. 장황한 말이나 이론보다는 실질적인 증거가 더 중요하기 때문이다.

증거는 나의 조언이 얼마나 효과가 있느냐에 있다. 그리고 그 판단은 당신에게 맡기고자 한다.

자, 당신은 많은 노력 없이, 가장 짧은 시간에, 가능한 한 많은 여자들을 만나는 방법을 배울 준비가 됐는가? 그들의 감정을 상하게 하지 않고도?

그렇다면 허리띠를 졸라매라. 당신에게 충격을 줄 수도 있는, 많은 통찰력이 담긴 야생의 모험이 시작될 것이다…

당신의 성공을 기원하며,

데니스 미에디머 Dennis Miedema

목차

이 책을 최대한 활용하는 법

여기서 분명히 하자. 당신은 이어지는 글들에서 할 수 있는 모든 것을 다 배울 결심인가? 그렇다면, 당신에게 이 책을 최고로 활용하는 방법에 대해 약간의 "지침"을 줘야겠다. 당신이 여자에게서 최대한의 결과를 얻을 수 있도록 말이다.

왜냐하면 나는 정말로 당신이 많은 노력 없이 가장 짧은 시간 안에 가능한 한 많은 여자를 만나기 바라기 때문이다!

이 모든 것이 어떻게 작용하는지 간단하게 분석해보겠다.

1) 먼저, 나는 당신이 여성을 끌어당기는 매력이 무엇인지에 대해 일반적인 개념을 얻을 수 있도록, 매력을 만들어낼 수 있는 확실한 방법에 대해 간략하게 설명할 것이다.

2) 다음에, 나는 그 이면에 숨은 모든 심리학에 대해서 깊이 파고들 것이다. 그래서 당신이 왜 그런지, 그 방법이 어떻게 작용하는지, 그리고 어떻게 하면 수일 내로 그 방법을 직접 사용할 수 있는지에 대해 절대적으로 모든 것을 알 수 있도록 설명할 것이다.

3) 마지막으로, 하지만 결코 무시해서는 안 될 내용으로, 나는 실제의 경험을 공유함으로써 정곡을 찔러줄 것이다. 내 자신의 개인적인 경험과, 나의 팬 중 한 사람이 어떻게 성공적으로 이 기술을 사용했는지, 또는 몇몇 유명한 바람둥이들이 이 방법을 어떻게 유리하게 사용했는지에 대해서 말할 것이다.

추신: 내가 개인적인 경험이라고 했을 때는 진짜로 나의 사적인 얘기를 하겠다는 뜻이다. 당신은 내 인생에서 당혹스러우면서도 재미있는 이야기를 들을 것이다. 하지만 물론 충격적인 얘기도 듣게 될 것이다.

충격적인 이야기: 별로 매력 있게 보이지도 않는 선생이 매력이 어떻게 작용하는지에 대해 내게 많은 것을 보여줬던 이야기를 말한다.

인간의 마음이 어떻게 작동하는지에 대한 통찰력. 그 통찰력은 당신의 세계를 뒤흔들어버릴 수도 있다. 심지어 인생에 대한 당신의 가치관까지 바꿀 수도 있다.

나는 분명히 경고했다. 나는 당신에게 어디가 "행복하고, 좋고, 멋진" 장소라고 말하기보다는, 차라리 당신이 다룰 수 없는(아직은) 것들을 말할 것이다. 그런 곳은 때로 격투장이 될 수도 있다.

우리 이미 시작하지 않았나? 자, 갑시다! 오, 지금은 무서워하지
말기를!

1장 고통의 근원이 되기

여자는 모든 것에 동의하고 항상 달콤한 남자를 원하지 않는다. 솔직히, 대부분의 여자들은 시간이 지나면서 점점 지루해지는 삶을 살고 있다. 그래서 그녀들은 드라마를 원한다. 드라마는 그녀들이 다시 살아있다고 느낄 수 있게 해주기 때문이다. 그래서 당신은 그녀들에게 드라마를 제공해야 한다. 그녀들을 비판하고, 함께 논쟁 따위를 하라. 때때로, 여자를 매혹시키는 것은 그녀에게 개인적인 제리 스프링거 쇼(Jerry Springer show: 엄청나게 쇼킹한 실화를 보여주는 미국의 리얼리티 쇼)를 제공해주는 것이다.

1.1 고통이 효과 있는 이유

당신은 오직 불만족스런 욕구를 가진 여자만 매혹시킬 수 있다. 당신은 인생에서 일어나는 모든 것이 절대적으로 행복한 여자는 절대로 유혹할 수 없다.

당신의 생각이 거의 들리는 것 같다: "그래서 매력을 만드는 것이 내가 생각했던 것보다 훨씬 더 어렵다는 얘기요? 젠장!"

하지만 겉모습은 속일 수 있다네, 친구야.

당신도 마찬가지겠지만, 나는 이 세상에서 자기 인생의 아주 작은 부분까지 모두 만족하는 사람은 단 한 명도 들어보지 못했다. 글쎄, 달라이라마라면 혹시 모르겠다. 불교에서는 욕망을 버리고 사심 없이 살라고 가르치고 있으니까.

하지만 나머지 지구인들은 항상 뭔가 불만족스럽다: 일, 가족, 성생활, 교육, 수면 부족, 자신감의 부족... 리스트는 끝도 없이 이어질 것이다.

그래서 나는 무슨 말을 하려는 것일까?

대답은 정말로 간단하다. 대부분의 여자들은 우리 대부분의 남자들처럼 일상생활을 처리해야 한다. 오후 5시까지 사무실에서 책상 앞에 앉아 성가신 작은 일들을 하거나, 학교에 가고 숙제를 하고, 청구서를 지불하는 등의 일을 해야 한다.

그리고 그거 아세요?

이러한 의무들과 판에 박힌 일들은 그녀들의 별난 마음을 지루하게 만든다! 여자들은 흥분되는 걸로 1에서 10까지 점수를 매긴다면 1 밖에 되지 않는, 뇌세포를 죽이는 판에 박힌 일과 나날에서 벗어나 탈출하기를 필사적으로 갈망한다.

　그리고 당신이 듣고 싶어 하든 아니든 간에, 드라마는
일반적으로 그녀들이 그냥 빠져나가지 못하는 위험한 상황이다.

　바꿔서 말해보자: 드라마는 일상생활보다 여자들을 더
흥분시킨다. 마치 영화처럼, TV 쇼처럼, 음악 아티스트들이
그러는 것처럼 현실의 탈출을 조금 제공해주기 때문이다.

　그뿐만이 아니다. 드라마에서는 항상 상황이 처음보다 더
악화된다. 거기에 일상의 상황과의 차이가 있다.

　예를 들면 여자를 비난하는 것으로, 당신은 그녀에게 대조를
제공해주고 있는 것이다. 쉽게 말해서, 나쁜 시간은 그녀가 좋은
시간을 훨씬 더 감사하게 만들어준다. 그리고 그녀는 당신이 언제
그녀에게 부정적인 피드백을 줄지 결코 알지 못할 것이기 때문에,
당신은 예측할 수 없는 존재로 남게 될 것이다.

　예측할 수 없는 존재가 됨으로써, 당신은 그녀들에게 대화와
데이트를 제공해준다. 그리고 심지어 판에 박힌 관계가 되는 것도
방지할 수 있다. 왜냐하면 그녀는 다음에 무엇을 예상해야 할지
절대로 모르기 때문이다. 그리고 당신과 얘기하는 것이 흥분되기
때문이다.

그것이 당신이 여자에게 고통의 근원이 될 때 그녀가 당신에게 끌리는 이유이다.

내가 이 문제를 제기할 때마다, 남자들은 종종 몇 가지 이의를 제기한다.

"그래서 당신은 여자들을 먼지처럼 대하라는 말인가요?"

"그래, 알겠어요. 하지만 당신은 내가 지금 아무 이유 없이 여자들을 비판 하라는 말인가요?"

"그래서 나는 여자를 미워해야하고, 그러는 내 자신을 사랑하라고요? 말도 안 돼!"

당신도 이런 반대에 대해 생각할 수 있겠지만 걱정하지 않아도 된다. 이 모든 질문에 대한 대답은 절대적으로 "아니오"이기 때문이다.

나는 아무 이유 없이 (문자 그대로 또는 비유적으로) 여자들을 비난하거나, 또 그렇게 하고나서 기분 좋게 느끼라고 말하는 게 아니다.

나는 그녀가 그럴만할 때, 그녀의 행동을 비판하라고 요청하고 있는 것이다.

압니다, 알아요.

상식적인 얘기처럼 들릴지 모르지만, 여자를 만나고 데이트를 하는 것은 상식에 따르지 않는다. 믿어도 좋다.

왜냐하면……. 우리 남자들은 여자가 좋아지자마자, 다른 여자들한테서 수용하는 것보다 그녀에게서 더 많은 것을 받아들이기 때문이다. 그것도 훨씬 더 많이.

남자들은 모든 말과 행동을 전부 수용한다. "왜냐하면 그녀를 사랑하기 때문에."

나는 절대로 당신이 그렇게 되기를 바라지 않는다. 여자에게 잘못한 것과 잘한 것에 대해 말하지 않으면, 그녀는 당신에 대한 존중을 잃게 될 것이다. 그것은 그녀에게 그녀가 그것을 좋아할 거라고 당신이 생각하기 때문에 아첨하기를 좋아하는 그런 남자들 중 하나라고 생각하게 만든다. 그리고 그녀의 노예가 되는 것과 연인이 되는 것 사이에는 커다란 차이가 있다.

그리고 생물학적 수준에서, 당신이 영역 다툼을 하지 않을 때마다 당신의 매력은 줄어든다.

왜?

인간이 여전히 부족생활을 하며 살았을 때, 자기 것을 지키는 남자가 여자에게 더 높은 생존의 기회를 주었기 때문이다. 그래서 어떻게? 마찬가지로 높은 생존 가능성을 가진 여자가 자신의 자손에게 더 높은 생존의 기회를 주었다. 그러므로 영역을 가지는 것은 종족에게도 좋은 일이었다.

그래서 짧게 말해서, 여자들은 다른 사람들보다 더 많은 영토를 가지는 남자들을 성적으로 선택하기 시작했다. 그것이 인류의 생존을 보호하는 데 도움이 되기 때문이었다.

한 마디로 말해서, 나는 여자들한테서 2류의 덜떨어진 행동을 받아들이는 걸 멈추라고 강력하게 권한다. 그들이 당신이 좋아하지 않는 일을 할 때마다, 그들에게 요구하라. 그들을 마주보고, 진실을 말하라. 그만두라고 말하라. 그러지 않으면 나는 화가 날 것이며 나의 길을 갈 거라고 말하라.

일단 2류의 덜떨어진 행동을 수용하기를 중단하면, 당신은 거절은 덜 당하고 여자와의 데이트는 더 많아지는 길로 들어서게 될 것이다…….

모든 이유는 내가 이미 언급했다.

일단 여자에게 있어 고통의 근원이 되기 시작하면, 당신은 가장 짧은 시간 안에, 많은 노력 없이 가능한 한 많은 여자들을 만나는 길로 들어서게 될 것이다. 내가 이 책의 서두에서 약속한 것처럼.

이때가 당신이 자석처럼 여자를 끌어당기는 남자가 되기 시작하는 때이다…….

1.2 실제 사례

처음 내가 많은 여자들을 만나고 데이트를 하고 싶었을 때, 나는 어떻게든 이런 생각 – 여자를 즐겁게 해줘야 한다는 생각을 머릿속에 얻게 되었다.

나는, 여자가 웃게 하고 기분 좋게 만들 수 있다면 나는 그 여자를 "얻을 수" 있을 거라고 속으로 말하곤 했다.

하지만 최종적인 결과는, 그녀들이 나를 개그맨 같은 익살꾼이나 그저 아주 좋은 친구로 보게 된 것뿐이었다.

그래서 나는 그녀들을 장난스럽게 괴롭혀서 나이스 가이(nice guy) 노릇은 그만두기로 결정했다. 그리고 만약 그녀들을 애타게 할 수 없다면……. 내가 설정한 것은 아무런 효과도 없을 거라고 생각했다.

그래서 결과는? 여자들은 다시 나를 개그맨 같은 걸로 보거나 개자식으로 보았다. 왜냐하면 나는 결코 가볍게 놀리는 것에서 멈추지 않았기 때문이었다(너무 괴롭혔던 것이다).

그러고 나서 해변에서 놀기 딱 좋은 8월의 어느 날, 여기 네덜란드에서는 매우 드물게 비가 내렸다.

그날 나는 돌파구를 얻었다. 한 녀석의 생일에 여자가 내게 싸움을 걸었다. 사람들을 괴롭히고 결코 자기의 잘못을 시인하지 않는다는 것이었다. 그녀는 내가 사람들을 항상 웃게 만들지만 다른 사람의 자존심을 배려하지 않기 때문에, 내가 수다스러운 얼간이라고 생각했다.

나는 크게 화가 났다. 제기랄. 나는 그녀에게 고함지르기 시작했다. 나는 그녀에게 전체 친구들 앞에서 그런 말로 나를 당황스럽게 만들었다고 말했다. 그리고 내가 어떤 부드러운 면을 보이려 하지 않는다고 가정할 권리가 없다고 소리쳤다. 나는 불안했기 때문에 그녀에게 계속 비난을 퍼부었다.

그러면서 나는 속으로 그녀가 내 얼굴에 와인을 끼얹고서
주저앉아 울음을 터뜨리거나 또는 화를 내며 파티장을 떠날
거라고 생각했다. 대신에, 그녀는 그 자리에서 곧바로 내게 키스를
했다.

처음에는 그냥 그녀가 한 마리 미친 암캐라고 생각했다! 하지만
그 이후로 내가 좋아하지 않는 것에 대해 여자들을 똑바로 대하기
시작했을 때, 종종 그녀들은 나를 더 존경하고 내 뒤를 쫓기
시작했다.

그 때 나는 고통의 근원이 되는 것이 얼마나 강력한지
깨달았다. 작은 갈등이 얼마나 힘이 있는지 깨달은 것이다. 이제
당신도 그것을 깨닫기 바란다.

2장 무엇이 여자를 끌어당기는가? 기쁨의 근원이 됨으로써!

정기적으로 그녀를 몇 차례씩 칭찬하고 그녀를 친절하고 달콤하게 대하라. 고통의 근원이 되는 것과 모순되는 것을 창조하게 된다면 가장 좋다. 이제 당신은 달콤한 남자가 되지만 다음에 바보, 얼간이가 되고 만다. 그렇게 하는 것이 아니다. 한 번은 A를 하고 다음에 반대의 B를 해야 텐션, 즉 긴장이 만들어진다. 그리고 이 텐션이야말로 끌리는 매력을 창조하는 것이다.

2.1. 기쁨의 근원이 되는 것이 효과 있는 이유

데이트 게임이 마음속에 어떻게 온갖 종류의 속임수를 연출하는지 보는 게 재미있지 않은가? 물론 여자에 관한 당신의 경험은 여전히 별 재미가 없다는 걸 안다. 하지만 머지않아

비꼼과 빈정거림의 범우주적 진가를 당신도 인정하게 될 것이다.

대다수의 남자는 여자와의 데이트를 필요 이상으로 어렵게 만드는 경향이 있다.

기본적으로, 나는 당신과 나 같은 평균적인 남자를 두 가지로 분류할 수 있다.

1) 여자가 원하는 모든 것을 제공하면, 그녀가 자기가 원하는 것을 줄 거라고 진정으로 믿는 나이스 가이. 그들은 여전히 "그녀의 첫 번째 친구가 되어서 최고의 남자가 되기를 희망하는" 접근법을 믿는다. 절망이고 낡아빠졌으며 완전히 순진한 생각이다. 정말로 현실은 그렇지 않다.

2) 그리고 불만 어린 나이스 가이들이 있다. 그들은 여자에게 있어 나이스 가이는 항상 마지막 순위를 차지한다는 걸 알고 있다. 이른바 나쁜 남자(bad boy)들이 어쩐지 "여자를 가지는" 것처럼 보인다. 그래서 그들은 자기들도 나쁜 남자가 될 필요가 있다고 결정한다. 이것은 어느 정도는 사실이지만, 이 또한 동전의 일면일 뿐이다.

남자로서 당신은 어떤 것은 남자다운 것이고, 또 어떤 것은 남자답지 못하다는 사고방식을 가지도록 키워졌다. 이를 테면,

자기감정에 대해 얘기하거나 눈물을 보이는 것은 남자답지 못하다는 것이다.

　재미있는 것은, 지구상의 남자들의 절반은 정확히 여자가 원하는 대로 하려고 하고 있고, 나머지 절반은 정반대로 하려고 한다는 사실이다. 반대로 하는 것이 더 효과가 좋다고 생각하기 때문이다.

　당신도 여자가 필요로 하는 것을 줄 수 있다는 걸 모두가 잊고 있는 것 같다. 여자가 원하는 것(그녀가 당신에게 말하는 것)과 여자에게 필요한 것(그녀의 욕망을 만족시켜주는 것)은 서로 다르다.

　그리고 여기에 범우주적인 농담이 있다. 현대에는 어떤 남자도 정말로 더 이상 여자에게 구애를 하지 않는다는 것이다. 그리고 나는 좋은 방법으로 구애하는 걸 말하는 것이다.

　- 그녀의 얼굴 전체가 붉어지도록 진짜로 칭찬하기
　- 촛불이 있는 저녁식사를 포함해서, 함께 일몰을 바라보고 함께 낭만적인 춤을 추는 등 믿을 수 없을 만큼 로맨틱한 데이트를 하기.
　- 기타 등등

요컨대, 사람들이 매일 더 잔인하고 직설적이며, 반사회적인 경험을 하는 사회에서? (생각해보라: 당신은 실제로 가족과 함께 테이블에 앉아서 식사하는 대신에 TV 앞에서 얼마나 자주 밥을 먹는가?)

누구도 더 이상 여자에게 그녀가 이 우주 전체에서 가장 놀라운 여자인 것처럼, 그녀가 당신의 모든 관심과 주의를 앗아가는 유일한 사람인 것처럼, 공주가 된 것처럼 느끼게 하지 않는다.

그리고 내가 말하는 것을 믿어도 좋다. 공주처럼 느끼고 싶은 여자의 욕구는 정말로 진짜이다. 왜냐하면 심리학에서 여자의 두 가지 기본적인 욕구보다 더 중요한 것은 없기 때문이다.

- 지그문트 프로이트 -

오래 전에 유명한 심리학자 지그문트 프로이트는 두 가지 기본적인 인간의 욕구를 발견했다. 그것은 성(性)에 대한 욕구와 중요하게 여겨지고 싶은 욕구이다.

중요하게 여겨지고 싶은 욕구에 대해 프로이트는 무엇을 발견했을까?

그는 모든 사람들이 중요한 누군가가, 존경받고 알려진 누군가가 되기를 바란다는 사실을 발견했다. 단지 아주 잠시 동안만이라도.

자, 여기서 당신에게 한 가지 간단한 질문을 던지겠다.

점점 더 많은 남자들이 신사가 되는 것과 여자에게 구애하는 것에 대해 전부 잊게 된다면, 당신이 그녀가 세상에서 가장 중요한 사람인 것처럼 – 여왕처럼 – 느끼게 할 때, 그것이 얼마나 엄청난 효과를 발휘할까?

그렇다. 당신은 요즘 시대에 거의 모든 이들이 무시하는 욕구(중요해지고 싶은 욕구)를 만족시켜주게 될 것이다. 그리고 당신은 무섭고 황량한 사막에서 길을 잃고 목말라 하는 사람들에게 오아시스를 만난 것만 같은 존재가 될 것이다!

2.2. 실제 사례

나는 지금도 네덜란드에서 가장 큰 도시 가운데 하나인
위트레흐트(Utrecht) 중심에 있는 의류 공장에서 일하기 시작했던
첫날을 기억한다.

내가 어떻게 공장에서 일하게 됐는지 당신은 모르겠지만,
그것은 절대로 나의 자발적인 의사가 아니었다. 이전의 여자들과
망친 것 때문에 발생한 빚을 갚아야 해서 어쩔 수가 없었기
때문이었다.

좀 더 정확하게 말하면……. 나는 골드디거(gold digger: 돈을
노리고 남자와 교제하는 여자)를 만났다. 그리고 그녀는 내게 가치
있는 모든 것을, 아니 그 이상을 뽑아내려고 나를 만난
것이었다…….

어쨌든, 나는 공장에서 일하게 됐던 첫 날을 선명하게 기억한다.
그 날, 이 중국인 여자를 만났기 때문이다. 그녀는 나보다 네 살
연상이었고 정말로 섹시했다. 그리고 그녀에게는 "그 여자는
침대에서 완전 괴물이 될 거야"라고 말할 만한 뭔가가 있었다.

그리고 나는 그런 여자들을 좋아한다!

그래서 나는 아직 그녀를 잘 몰랐지만, 어쨌거나 우리는 서로
얼마나 멍청해서 여기까지 와서 일하게 되었는지 얘기하게 되었다.
그리고 나는 심각한 곤경에 처해 있고 잠잘 곳이 필요하다는
사실도 솔직하게 털어놓았다.

그러자 그녀가 곧바로 자기 오빠와 그의 룸메이트가 새
룸메이트를 찾고 있다는 얘기를 했다. 비록 그녀의 오빠와
친구들이 독실한 기독교 신자들이어서 삼시 세 끼 밥을 먹고
간식을 먹을 때마다 기도를 올리는 걸 잘 이해하지는 못했지만
나는 너무 감사했다.

그들이 묻지도 않고 이 불쌍한 영혼에게 방을 빌려줄 거라는 걸
그녀가 알고 있었기에 나는 더욱 감사했다. (나는 방세를 낼
여유도 없었다.)

하지만 여기서의 요점은 이렇다. 나는 곧장 가슴에서
우러나오는 진심으로 감사하며 그런 제안을 해줘서 얼마나
훌륭한지 모른다고 말했다. 그것은 친구가 내게 해줄 수 있는
가장 달콤한 우정이며, 그녀의 친절함이 그녀를 더욱더 아름답고
섹시하게 보이게 한다고 했다.

내 말에 그녀는 얼굴을 붉혔다. 그래서 나는 그녀에게 데이트를
신청했고 할 수 있는 모든 것을 다했다. (그녀를 위해 요리를
하고, 장미꽃을 선물하고, 비 올 때 머리 위로 우산을 받쳐주고,
안마를 해주고……. "보통의" 남자라면 게이들이나 한다고
생각하는 모든 걸 다했다.)

결과: 나는 그녀의 집에서 3일을 보냈다. 그리고 3일 동안
우리가 한 것은 섹스가 전부였다.

당신도 기쁨의 근원이 되는 것이 얼마나 강력한 것인지 알 수
있을 것이다. 나이스 가이가 되는 것은 기쁨의 원천이 되는
것과는 매우 다르다.

여자에게 너무 잘하는 것, 즉 나이스 가이가 되는 것은 모든
것에 동의하고 덜떨어진 행동도 용인하고, 당신을 소름끼치는
스토커라고 생각할 때까지……. 또는 최고의 친구라고 생각할
때까지 필사적으로 여자의 뒤를 쫓는다는 의미이다.

반면에 기쁨의 근원이 되는 것은, 단순히 남자가 할 수 있다고
여자가 생각하는 것보다 좀 더 로맨틱한 존재가 되는 것을
의미한다. 그것은 정말로 내가 가장 간과한 장점 가운데 하나이다.

그리고 그것은 아름답고 흥미로운 여자가 데이트 후에 당신

마음속으로 들어오기를 바란다면 명백하게 고려해볼 가치가 있다.

또 물론 데이트에 있어서도 좋은 생각이 아닐 수 없다!

3장 도움이 필요한 존재가
되기

모든 여자에게는 모성본능이 있다. 다른 이들을 돌봐주고 싶은 욕구를 가지고 있다. 먼저 다른 테크닉으로 매력을 창조하라. 그리고 몸이 아프거나 하면, 그리고 "요리 따위를 할 수 없을" 때 도움이 필요하다는 것을 그녀에게 알게 하라. 그러면 그녀의 모성본능과 사랑을 증명하고자 하는 욕구가 나머지는 알아서 다할 것이다.

그냥 그녀에게 말하라.

3.1 도움이 필요한 존재가 되는 것이 효과 있는 이유

앞에 쓴 글을 읽고 당신이 무슨 생각을 하는지 거의 들리는 듯하다.

"뭐? 내가 뭔가를 할 수 없다는 걸 여자가 알게 하라고? 그러면 그녀가 자동적으로 날 위해 그걸 해줄 거라고? 그리고 내게 더 끌리게 될 거라는 말이야?"

아니.

그것보다는 좀 더 있단다, 친구야. 여기에 달콤한 비밀이 있다. 우리 남자들은 모든 걸 알고 있고, 할 수 있다고 세상에 보여주라고, 그리고 할 수 없다는 걸 절대로 인정하지 말라고 가르침 받아왔다.

하지만, 절대로 그렇지 않다!

생각해보라: 한 남자가 당신에게 어떤 거리로 가는 길을 묻는다고 하자. 당신은 거기가 어딘지는 알지만 어떻게 가야 하는지는 확실히 모르고 있다. 그래도 당신은 여전히 상대방에게

몇 가지를 가르쳐줄 것이다. 그렇지 않은가?

확신이 서지 않아도 틀림없이 그렇게 할 것이다. 안 그런가?

그리고 이것이 전형적인 남자의 행동이다. 더 좋게 말하면, 여자들은 남자들이 이렇게 행동하기를 기대한다. 약점이 있다고, 도움이 필요하다고 공공연하게 말하면서, 거기에 좋고 나쁘고가 없다면 어떻게 될 것 같은가?

여자들에게는, 그것이 **진정한** 자신감이다. 나약함을 받아들이고 솔직하게 인정하는 것은 여자에게 섹시하게 어필한다.

여자들은 단순한 우리 남자들보다 훨씬 더 민감하다. 구조 자체가 우리와는 다르기 때문이다. 그래서 만약 남자가……. 항상 대담하고 용감할 것으로(특히 여자 주변에서는 더욱) 예상하는 남자가 실책을 인정하고 나약함을 수긍한다면?

여성의 모성본능이 깨어나기 시작한다. 그리고 그녀는 누구도 따라올 수 없을 정도로 그를 돌봐줄 것이다. 그리고 자신이 남자를 돌본다는 사실과 모성본능을 일깨워준 남자에게도 좋은 기분을 느낄 것이다!

경고: 매일 나약함을 받아들이고 자기 자신을 절대로 관리하지 못하는 것 같은 인상을 주는 것은, 그리고 항상 도움을 필요로 하는 것은 매력을 떨어뜨린다. 트릭은 당신이 늘 하던 대로 하는 것이다. 그리고 이따금씩 기분이 아래로 처지고 누군가와 얘기하고 싶어질 때가 있지 않은가?

그 때가 자신의 나약함을 인정할 때이다.

도움이 필요한 존재에게 가장 재미있는 측면은 보통 하는 것과 정반대일 때이다.

예를 들어, 어제 또는 몇 주 동안 장난스럽게 놀리고, 까다롭게 굴거나 지배적으로 행동하는 등 좀 더 공격적인 스타일로 매력을 이끌어냈다고 했을 때…….

그러고 나서 앞으로 나가 어떤 약점을 인정해서 부드러운 면을 보여준다면?

그것은 여자에게, 당신에게는 단순히 눈에 보이는 것 이상의 무엇이 있음을 알게 할 것이다.

무엇보다도, 이것은 당신을 둘러싼 신비스러운 분위기를

만들어낸다. 이것 자체로 매력을 창조하기에 충분하다.

둘째, 오늘 A였다가 다른 날에 정반대인 Z가 되면서 당신은 예측할 수 없는 존재가 된다. 그리고 전에도 말했듯이, 예측할 수 없는 존재가 된다는 것은 당신과의 대화, 데이트, 관계가 매일 하는 반복적인 일상이 되지 않는다는 것을 의미한다…….

여자가 하루하루 해나가야 하는 반복적인 일상은 지루하다… 그것은 끌림에 있어 **불구대천의 적**이나 다름없다.

그리고 지금이, 옛말에 "극과 극은 통한다."는 옛말이 진리지만, 당신 생각과는 전적으로 다른 방식으로 그렇다는 것을 말해줄 좋은 때라고 생각한다!

당신이 매일 똑같다면? 당신의 대화, 데이트, 관계는 당신의 여자를 지루하게 할 것이다. 그리고 당신이 그녀의 욕구를 만족시킬 수 없기 때문에 그녀는 당신을 **떠날** 것이다. 확실히 보장할 수 있다.

그렇다, 그녀는 당신과 함께 보내는 매일이 최고의 나날이라고 해도 당신을 떠날 것이다. 왜냐하면 시간이 좀 지나면……. 거기에 익숙해져서 그렇게 멋진 시간조차 그녀에게는 평범해져서 결국 반복적인 일상이 되고 말기 때문이다.

　반대를 생각해보자. 당신이 하루는 기쁨의 근원이 되었다가, 둘째 날에는 고통의 원천이 된다. 그리고 셋째 날에는 뜨거운 남자였다가 넷째 날에는 얼음처럼 차가워진다고 하자.

　이런 식의 차이는 드라마틱한 것이다. 만약 그녀가 하루하루를 1~10까지 점수를 매긴다면, 당신은 첫째 날은 10점 만점이었다가 둘째 날에는 1점짜리가 되는 것이다.

　내가 무슨 말을 하려는지 알겠는가?

　차이가 워낙 커서 여자는 거기에 익숙해지지 못할 것이다. 그래서 당신은 계속해서 예측 불가능한 존재로 남는다. 그리고 그것이 친구야, 여자를 끌어당기는 것이 된다.

　당신과 같이 있는 오늘은 말할 나위 없이 멋지지만 내일은 악몽의 하루가 되기 때문에, 여자는 반지의 제왕에 나오는 골룸처럼 당신과의 멋진 날을 보물처럼 소중히 여길 것이다. 그리고 당신의 뒤를 쫓고 관심을 받으려 하면서, 당신과 멋진 날을 만들기 위해서라면 무엇이든지 다하려 할 것이다.

　당신이 그녀에게 부드러운 면과 어두운 면을 무작위로,

반복해서 보여주기 때문에, 그녀는 당신이 나이스 가이인지, 형편없는 얼간이인지 결정할 수 없다. 즉, 그녀는 좀 더 확실하게 알아내야 한다. 인간은 본래 호기심이 강한 동물이니까.

헬, 당신과 함께 타는 롤러코스터는 얼마 후에 마약과 같은 것으로 진화한다. 그리고 궁금해 할까봐 말하는데, **그렇다.** 이것이 여자들이 폭력을 휘두르고 마약을 먹고 바람피우는 록스타를 떠나지 못하고 머무는 이유이다.

이 책에서 딱 한 가지만 취해야한다면, 극과 극은 통한다는 것이다. 그러므로 서로 모순되는 이 두 가지 자질을 사용해서 여자와의 관계를 이끌어 나가야 한다.

그러면 잘했다는 걸, 아주 잘했다는 걸 알게 된다. 왜냐하면 이것은 무서울 정도로 효과가 좋기 때문이다. 또 새 친구를 사귀고 싶거나 일하는 직장에서 승진의 사다리를 오를 때에도 탁월한 기능을 발휘한다.

당신한테서 멋진 날을 얻기 위해 사람들이 당신의 인정을 구하기 시작하는 것은 시간문제일 것이다…….

당신의 부드러운 면을 보여주기 위해 여자에게 도움을

요청하라. 그래서 그녀들이 남자다운 면과 부드러운 면을 모두 보게 하라. 그러면 당신은 생각보다 훨씬 적은 시간 안에 많은 여자들을 만나게 될 것이다.

헤이, 정말이야 친구. 카사노바한테서 배워봐.

3.2 실제 사례

재미있는 사실: 세계에서 가장 유명한 나쁜 남자의 대명사인 카사노바는 도움이 필요한 존재가 되는 것을 유리하게 사용했다.

- 카사노바 -

나는 정기적으로 나쁜 남자들이 왜 그렇게 매력적인지, 그리고 어떻게 하면 그들에게 배워서 가장 빠른 시간에 가능한 한 많은 여자를 만날 수 있는지 말한다.

카사노바 얘기를 해보자…

카사노바는 유럽 전체에 걸쳐 많은 여자들이 나쁜 남자, 오입쟁이로 본다. 또 결혼을 파괴하고 교회가 믿는 모든 것에 반대했던 존재로 여겨지고 있다(그 당시까지도 교회가 세상을 상당히 지배했었다).

그러므로 카사노바가 이미 그에 대해 얘기를 들은 새로운 여자를 만날 때마다 어땠을까? 그는 자신의 불리한 점을 알고 있었다. 그는 사람들이 그에게 예상하는 것(나쁜 남자)을 알고 있었고, 거기서 멀어지려고 하지 않았다.

그래서 그는 먼저 전형적인 카사노바(짓궂게 장난치며 놀리면서 동시에 로맨틱한) 노릇을 하다가, 그러고 나서 갑자기 인생의 고난과 불우했던 어린 시절에 대해서 얘기했다. 그리고 더 나은 대우를 받아 마땅한 순진한 여자들을 너무도 많이 유혹했다며 무거운 죄책감을 토로하기도 했다…….

그리고 여자들은 그가 도움이 필요하다고, 약한 면이 있다는 걸

보여줄 때마다 그의 품속에서 녹아내리곤 했다. 비록 대다수의
유럽에서 그를 순수한 악의 화신으로 보았음에도 불구하고.

그 당시 카사노바는 아마 의식적으로 깨닫지는 못했을 것이다.
하지만 그는 여자들에게 궁극적인 에고의 여행을 제공해주었다:
그것은 나쁜 남자, 악의 화신으로 보였지만 이제 그녀의 품속에서
너무도 부드럽고 순진해 보이는 사자를 길들일 기회처럼 보였다.

여기서 그가 어떤 기본적인 인간의 욕구를 충족시켜 주었는지
알겠는가? 전에 이것을 언급한 적이 있다. 중요하게 여겨지고
싶은 욕구라고. 여자가 나쁜 남자를 길들여서 다시 좋은 남자로
만들 수 있다면, 그것은 여자의 에고를 고양시켜주고 **오직
그녀만이** 할 수 있다고 알려주는 것이 된다. 그것은 그녀를
중요한 존재로 느끼도록 해준다.

그것을 반대 극의 힘과 결합해서 도움이 필요하다는 걸
보여주는 것은 강하게 여자를 끌어당긴다. 여기서 가장 좋은 것:
나는 이 기법을 쓸 때 정말로 어떻게 되는지, 당신이 아는 어떤
친구라도 알지 못할 거라고 기꺼이 장담한다.

이 말은, 당신에게는 경쟁자가 없다는 뜻이다. 그리고 당신은
원하는 무엇이든지 할 수 있고 취할 수 있다는 의미이다.

여자들은 당신이 사용하는 심리적 기교를 알지도 못할 것이기 때문이다.

오직 당신과 나만 알고 있을 것이다. 그러니까 이 미묘하면서도 끝내주게 효과적인 테크닉을 당장 오늘부터 쓰기 시작하라!

4장 고상하지 않은 존재가 되기

많은 여자들이 다른 사람들과 사회가 그들을 어떻게 생각할지 지나치게 걱정하지만, 은연중에 그런 걱정을 팽개치고 욕망이 시키는 대로 하고 싶어 한다. 성적 자신감으로 사회적인 정의의 동굴에서 그녀들을 유혹하고 당신이 만들어내는 슈퍼 변종을 즐기도록 하라!

4.1 고상하지 않은 존재가 효과 있는 이유

여기에 데이트 게임에 관한 약간의 쏠쏠한 진리가 있다. 남자들은 다른 남자들이 여자를 얻는 것을 더 힘들게 만든다. 그 이유는?

오늘날의 사회에서, 한 남자가 일주일에 여러 여자와 잠을 잔다면, 그는 영웅이라고 불린다. 다른 모든 친구는 당신의 친구가 돼서 당신이 어떻게 그렇게 하는지 알아내고 싶어 한다.

하지만 여자는? 여자가 1주일에 남자 몇하고 잔다면, 그 여자는 갈보, 창녀, 매춘부, 추녀, 화냥년, 뚱쟁이, 그리고 모든 너저분한 이름을 갖다 붙일 수 있다.

무슨 뜻인지 알겠는가?

그것은 여자들이 남자와 똑같은 성적 자유를 가지려고 할 때 조롱과 모욕, 험담하게 된다는 것이다.

그러나 여자도 남자와 똑같은 성적 충동이 있다. 그들도 우리 남자처럼 섹스에 대해 많은 환상을 가지고 있다. 하지만 그것이 잘못된 거라고 보기 때문에 여자는 성적 환상에 대해 말하지 않는다. 그래서 남자들은, 여자는 남자들만큼 성적 충동이나 환상이 없다고 잘못 생각하는 것이다.

간단히 말해, 여자들은 원하지만 표현할 수 없다. 누군가가 얘기하기 시작할 때 사회적 체면이 망가질까 봐 두렵기 때문이다. 그들은 사회가 바로 그런 식으로 세워져 있다는 걸 알고 있다.

현실은, 여자들은 "숙녀처럼" 행동하기를 기대 받는다. 그리하여 결국, 남자와 똑같이 가지고 있는 성적 충동을 억누르고 은폐하게 된다.

물론, 남자와 둘만 있으면 여자들이 흥분하고 또 그것에 정직하지 않은 것 같지는 않다…….

하지만 어떤 면에서, 그들은 사회가 프로그램한 게임 규칙을 따르지 않을 수가 없다. 그러고 싶지는 않지만, 어쩔 수 없이.

이 말을 하고 나서, 당신과 함께 있을 때는 있는 그대로의 자기 자신이 될 수 있다고 여자에게 알려줄 때, 그녀가 얼마나 크게 안도할지 상상할 수 있겠는가?

그들이 진정으로 자신의 성적 충동에 대한 개방적이고 정직할 수 있고, 그대로 행동할 수 있고, 당신이 그것에 대해 아무에게도 말하지 않는다면?

그리고 여자가 마침내 정숙한 양 행동을 그만두고 남자들처럼 성적으로 자유롭게 되기 위해서, 대체 무슨 말을 할 수 있는지 궁금하다면…….

내가 지금 한 말을 시도해보라. 내게는 한 번도 실패가 없었다. 당신도 내가 한 말을 하면 절대 실패하지 않을 것이다!

여자가 얼마나 성적인 자유를 가질 수 있는지에 관한 사회의 규정을 믿지 않는다고 말할 때 이상한 일이 일어나기 시작한다.

예를 들어 일단 그들에게 당신은 관계를 원하지 않으며 다른 사람을 만나도 상관없다고 미리 알려준다면? 당신 역시도 마찬가지로 다른 사람을 만나고 싶기 때문에 그렇다고 한다면?

특히 당신이 그들의 성적 자유에 대해 어떻게 생각는지 알게 한다면, 당신은 잠자리 친구를 좌우로 갖기 시작할 것이다.

여자들은 굉장한 존재들이다. 그렇지 않은가? 그래도 안 그렇다고 생각한다면, 그냥 내 말을 다 들을 때까지 기다리기 바란다.

자, 진도 나가자.

4.2 실제 사례

나의 "데이트 캐리어" 어느 시점에서, 나는 여자를 픽업하러 클럽이나 쇼핑몰, 거리 또는 대학에 나가야 한다는 데 지루하고 지쳐버린 적이 있다.

나는 뭔가 좀 더……. 오래가는 관계를 원했다. 나는 돈을 사회적인 관계에만 사용했고, 그날부터 설사 그녀들이 나를 좋아하더라도, 움직일 때가 됐다고 생각할 때까지는 여자들과 오직 친구 관계만 유지했다.

그러고서 나는 암라(Amra)를 만났다. 그녀는 여자를 유혹하는 데 타고난 재능을 가진 여자였다. 나는 그녀와 친구가 된 것이 너무도 자랑스러웠다.

그녀가 워낙 심하게 담배를 펴서 수작을 걸기는커녕 친구가 되기도 어려웠지만, 나는 시간이 지나도 변하지 않는 모습을 보여주었고, 또 그녀의 매우 유혹적인 방법들로부터 많은 걸 배울 수 있었기 때문이었다.

어쨌든, 나는 항상 그녀에게 짓궂게 굴고 주변에 있을 때 매우 지배적인 남자로 행동했다.

그러던 어느 날, 그녀가 평균적인 여자보다 더 많은 남자들과 함께 잠자리를 더 많이 하는 자기에 대해 어떻게 생각하냐고 내게 물었다. 내가 남자들처럼 여자들도 똑같은 성적 자유를 원하지만 절대로 마음대로 못한다고, 그래서 그것은 결코 공정하지 않다고 말했을 때였다.

그래서 어떻게 됐을까? 그녀의 눈이 반짝이기 시작했다. 나중에 그녀는 매우 편하게 스킨십을 할 수 있는 여자가 되었다. 그리고 그 때는 자기가 차는 남자 말고 그녀를 차버린 남자를 만났을 때였다.

우리는 잠자리 친구가 되었다. 그리고 나는, 내가 쌀쌀맞은 병아리나 여자 선수를 얻을 수 있었던 유일한 이유는, 내가 고상한 것과는 반대로 행동했기 때문이라는 것을 100% 확신한다.

왜냐하면 나는 그 전에 할 수 있는 모든 걸 다 했음에도 불구하고 진짜 기회를 한 번도 얻지 못했기 때문이다(비록 나쁜 남자에 대해 알기 전에는 원하지도 않았었지만).

간단히 말하면, 고상한 것과 거리가 먼 존재가 되는 것은 망아지 같은 여자, 파티를 좋아하거나 많은 남자와 데이트를 하는 여자, 한 남자에게 구속되기를 싫어하는 여자에게 잘 먹힌다.

하지만 다른 여자들이 성적 자유를 좋아하지 않을 거라고 생각지는 마라. 생각해보라. 중동에서 온 여자들, 힌두교 여자들, 그리고 매우매우 종교적인 배경을 가진 여자들……. 그녀들도 모두 여전히 여자이다.

그녀들도 다른 여자들처럼, 우리 남자들과 똑같은 성적 충동을 가지고 있다. 하지만 그들은 매우 제한되고 속박된 환경 속에서 살아왔다. 그 말은, 그들의 내면 깊은 곳에는 다른 누구 못지않게 (성적으로)자유로워지고 싶은 갈망이 숨어 있다는 뜻이다.

증거: 지금의 내 여자 친구 나이사(Naisa)는 이라크에서 왔다. 그리고 그녀의 가족은 매우 종교적이지만 그녀는 그렇지 않다. 그녀는……. 처음에는 매우 수줍음을 많이 탔다. 하지만 지금은? 더 말하지 않아도 무슨 뜻인지 알 것이다…….

이 강아지를 계속 뛰놀게 하자. 그래야 하지 않을까? 자, 다음 수업!

5장 다른 존재 되기

만약 어떤 여자가 시골 남자만 알고 있다면, 큰 도시에서 온 남자를 만나게 될 때 무슨 일이 일어날지 상상해보라! 당신은 독특하고 희귀한 존재이다. 그리고 그녀와 계속 얘기한다면 데이트를 따내는 것은 쉬울 것이다. 왜? 비교했을 때 당신의 모든

것이 새롭고 그리하여 그녀에게는 당신이 흥분되는 존재가 되기 때문이다. 그래서 그녀는 자연스럽게 당신에게 끌린다. **매력을 창조하는 것 = 새로운 남자가 되는 것.**

5.1 다른 존재가 되는 것이 효과 있는 이유

오해 없도록 확실하게 하자.

비교했을 때 다른 존재가 된다는 것이 중세 시대 햄릿처럼

차려입거나 서부영화에 나오는 카우보이처럼 걷는다는 것, 또는
상식을 벗어난 어떤 무엇이 된다는 걸 의미하지는 않는다.

그것은 광대가 되는 것에 대한 게 아니다. 아니면 이상한 존재,
또는 눈에 띄게 이상하게 차려입는 걸 말하는 게 아니다.

전에도 말했듯, 여자들은 반복적인 생활과 지루한 의무들로
가득 찬 일상에 틀어박힌 것처럼 느낀다.

여자들은 평범함, 흥분의 부족, 주변 세계의 일반적이고
평범함에 싫증을 낸다. 그들도 우리 남자들처럼 똑같이 지루한 걸
싫어한다.

이제 당신이 어마어마한 석유 재벌의 딸이라고 상상해보자.
평생 동안 당신이 알아온 것은 목장을 달리는 말과 원하는
무엇이든지 가지는 것, 옆에 딱 붙어서 모든 응석을 다 받아주는
남자들이다.

물론, 당신도 여기저기서 남자와 데이트를 한다. 하지만, 어쩐지
그들은 당신하고는 어울리지 않는 것 같다. 뭔가 놓치고 있는
느낌이 든다. 그들은 너무 속이 보이고 예측 가능하기 때문이다.

그런데 빈민가에서 온 한 남자가 나타난다. 그는 원하는 것을

쟁취해야만 하는 남자이다. 그는 매너라든지 공손함과는 완전히 거리가 멀다. 그는 위험한 남자이다. 어떻게 될 것 같은가?

여자가 이 남자를 알게 된다면, 십중팔구 그는 이 남자를 선택할 것이다.

왜?

그는 다르기 때문이다. 그는 부잣집 딸이 익숙하게 알고 있는 남자와는 거의 정반대에 가까우며 예측하기 어렵다. 흥미로우며 또 위험하다. 그와 함께 있는 것은 감정의 롤러코스터를 타는 것만 같다. 다음에 무슨 일이 일어날지 절대 알 수 없다. 그리고 수 년 동안 그래왔던 것보다 훨씬 더 생생하게 살아 있는 것만 같다.

요컨대, 이 남자는 예측이 불가능하다. 그리고 이것이 그녀의 관심을 계속 잡아끈다.

반대로, 이 남자를 그의 이웃들과 함께 놓는다고 가정하자. 그는 그저 많은 남자들 가운데 하나에 불과해질 것이다. 거기에서 다시 예술가연하고 기이한 취향을 가진, 매우 세련된 사람을 만나보라……. 대조와 비교의 마법이 발생할 것이다.

이것이 무얼 의미하는지 알겠는가?

이것이 극과 극은 통한다는 말이 진리인 또 다른 이유이다. 서로 상반되는 것끼리 정말로 끌리는 것이다.

만약 당신이 여자의 세계와 완전히 정반대에 가깝다면? 당신은 예측할 수 없는 존재가 되어 매력을 창조하게 되며, 그러기 위해서 아무것도 할 필요가 없다!

당신은 흥미롭고 위험하며, 그녀의 지루한 일상과 지겨운 의무로부터의 도피처가 될 것이다. 왜냐하면 당신은 그녀가 익숙해져 있는 환경과는 너무도 다르기 때문이다.

이 지침을 따라서 생각해 볼 때, 다음에 나오는 것들을 시도해볼 수 있을 것이다.

- 주로 R&B나 랩(rap)이 나오는 생일잔치나 파티에 가게 됐을 때 드레스 셔츠를 입고 넥타이도 한 번 매어보라. 그리고 무슨 일이 일어나는지 지켜보라.

- 매우 부유한 사람들이 모이는 생일잔치나 파티에 가게 된다면, 50센트짜리 옷을 입고 참석해보라. 그리고 무슨 일이 일어나는지 지켜보라.

- 미술을 좋아하지 않는가? 박물관이나 전시회에 가보도록 하라.

- 스포츠를 싫어하는가? 할 수 있는 한 많이 축구장이나 야구장에 가보라. 장담하건대, 특히 당신이 말하기 시작할 때, 그래서 당신이 참으로 얼마나 다른지 알게 할 때 여자들의 주의를 끌게 될 것이다.

그런 다음에 당신이 할 일은 일을 **망치지 않는** 것이다. 왜냐하면 예측할 수 없는 존재가 되는 것은 너무 강력해서 요청도 안 했는데 그냥 여자들의 전화번호를 얻게 될 것이기 때문이다.

5.2 실제 사례

몇 년 전에 나와 친구 둘은 위트레흐트(Utrecht: 네덜란드 중앙에 있는 대도시)에 가고 싶었다. 우리는 어디를 가야 할지 전혀 아는 바가 없어서 클럽을 무작위로 고르기로 했다.

우리는 도시 중앙에 있는 티볼리(Tivoli)라는 클럽에 들어가기로 했다. 그곳은 오직 랩 음악만 틀어주는 클럽이었다. 그래서 우리는 용감무쌍하게 안으로 들어갔다. 그리고…

얘기를 계속하기 전에, 우리는 친구 한 사람의 생일을 축하하는 중이라는 걸 말해야겠다. 자, 나는 이 친구나 그의 가족이 돈을 쌓아놓고 그 위에서 헤엄치는 큰 부자라고는 하지 않겠지만, 그는 일류 사업가(비싼 양복과 넥타이 등)처럼 입을 여유가 있었다. 게다가 그는 일주일에 같은 옷을 두 번 입지 않았다.

그래서 나와 다른 친구는 "정장을 입기"로 했다. 그리고 드레스 셔츠와 거기에 어울리는 타이를 맸다. 생일 맞은 친구도 그러리라는 것을 알았기 때문이었다.

그렇게 해서 우리는 비즈니스맨처럼 차려입고서 항상 랩 파티에 다니는 사람들로 가득 찬 클럽 안으로 들어갔다. 헐렁한 청바지, 투엑스라지(XXL) 셔츠와 야구 모자, "블링블링" 늘어진 수많은 액세서리들을 생각해보라.

클럽에는 내가 제일 먼저 들어갔다. 갑자기 음악이 멈추고 시간까지 덩달아 멈춰버린 것 같았다. 들어가자마자 거의 동시에 네 명의 여자들이 나와 시선을 맞추려고 했던 것이다.

내가 대화한 첫 번째 여자는 그냥 알고 싶어 했다. 내가 왜 그렇게 근사하게 차려입었는지 알고 싶어 했다. 영화 '스카페이스(Scarface)'의 악당 형제와 비슷하다고 하며 크게 웃었다. 그리고 대화 끝에 내 손을 잡고 자기 집으로 데려갔다.

들어가자마자 처음 얘기 나눈 여자하고 말이다! 그 때 나는
내게 뭔가가 있다는 것을 알았다.

중요한 포인트: 옷 스타일이 당신의 자신감을 결정하게 하지
마라(또는 돈이나 자동차, 명예, 권력, 보석과 같은 것들도
마찬가지다).

또한 여자를 만나기 위해 좋아하지 않는 곳으로 가서
대조적으로 다른 존재가 될 수 있다. 이를 테면 예술을 좋아하지
않을 경우 미술관이나 박물관에 가는 것처럼 말이다.

6장 매니저가 되기

어렸을 적의 꿈이 절대로 이루어지지 않은 이후로 여자가
자신의 능력에 대한 믿음을 잃기는 쉽다. 그녀는 무엇이든지
가능하다고 믿었었지만, 더 이상은 믿지 않는다. 여기서 매력을
창조하는 것은 쉽다. 그녀에게 당신은 그녀의 꿈을 믿는다고
과도하게 보여줘라. 그리고 그녀가 다시 꿈을 갖게끔 하라. 그녀는
당신을 사랑할 것이다.

6.1 매니저가 되는 것이 효과 있는 이유

좋든 싫든 우리는 무리를 따른다. 우리는 그룹을 지어 함께
생각한다. 아마도 무리를 지을 때 생존 가능성이 더 높아지기
때문일 것이다. 그래서 아프리카의 평원에서 작은 움막 속에서
살았을 때 살아남기 위해 무리의 일부가 될 필요가 있었을
것이다.

현재로 돌아오자.

남자에게는 여덟 가지 정도의 독특한 감정이 있는 반면(슬픔과

분노, 행복 등), 여자들은 200가지 이상의 터무니없을 정도로 많은 감정을 가진다는 연구가 있다. 본질적으로, 이것은 여자들에게 방해가 될 수 있는 감정이 더 많이 있다는 것을 의미한다.

그리고 나는 그것이 인간의 일반적인 집단 심리에 더해서 여자들이 우리 남자들보다 더 리드 받기를 원하는 이유라고 기꺼이 장담한다.

그리고 당신이 얻는 것은 관리를 찾고 있는 여자다. 그런데 나는 여자를 존경하지 말라고 하는 게 아니다. 당신도 바로 나처럼 리드하고자 하는 성향을 타고났기 때문이다.

여기에 매니저가 되는 것에 대한 달콤한 비밀이 하나 있다. 나이가 들면서 그녀들이 꿈꿨던 것들이 보통 이루어지지 않음에 따라, 그들은 자포자기 하게 되고, 절망과 좌절을 느낀다.

우리 모두 나이가 들면서, 열정으로 만든 계획은 이유 있는 선택으로 대체된다. 우리는 꿈을 포기하고 "올바른" (그런데 내 견해로는 올바르지 않은) 일을 하기 시작한다.

하지만 그렇다고 해서 우리는 꿈꾸는 걸 그만두지는 않는다. 우리의 젊은 시절의 열정도 사라진 것은 아니다. 여자들이 절대로 더 이상은 더 좋은 날에 대해 희망을 품지 않는다는 뜻이 아니다.

그리고 **그것**이 바로 내가 충족되지 못한 욕구라고 하는
것이다. 기억하라. 충족되지 못한 욕구가 있는 누구든지 당신이
일단 그 욕구를 채워주기 시작하기만 하면 당신에게 끌릴 수
있다. 나는 여러 번 반복해서 그것을 증명해 왔고 힘닿는 한
최선을 다해 당신에게도 보여줄 생각이다.

그렇다면, 그녀의 채워지지 못한 욕구와 오랫동안 잃어버린
꿈에 대해서 알았을 때, 어떻게 하면 매력을 만들어낼 수 있을까?

간단하다. 그것에 대해 얘기하는 것이다. 하루가 어땠는지
하면서 또 다른 서툰 대화를 가지는 대신, 어렸을 때 무엇이 되고
싶었는지 물어보라. 또 나이가 들어서 그녀가 하고 싶었던 것을
물어보라.

이런 식으로 그녀를 더 잘 알게 될 뿐만 아니라(그리고
지금쯤은 그녀가 주는 정보에서 매력을 창조하기 위해 사용할 수
있는 것을 알아야 한다)...

그녀가 아잇적에 가졌던 열망이 무엇인지 알아낼 수 있다.

그러고 나서, 이렇게 말하라: "지금도 여전히 할 수 있다는 거, 알지?"

그 때가 그녀의 눈이 반짝이는 것을 보기 시작할 때이다. 그 때가 사람들은 자신의 잠재력을 달성할 수 있다고 믿으며, (그녀를 포함해서) 사람들이 그렇게 하는 것을 돕고 싶다고 말할 때이다.

"왜 이게 효과가 있다는 거지, 데니스?"

그렇게 물어준다면 기쁘다! 우선 첫째로…

나는 앞부분에서 모든 인간에게는 중요하게 여겨지고 싶은 욕구가 있다고 말했다. 모든 사람은 스타가 되기를 꿈꾼다. 그들에게 스타가 될 수 있다고 믿을 충분한 이유를 제공한다면, 그들은 중요하게 여겨진다고 느낄 것이다… 당신 때문에.

그것이 바로 매력이다. 그녀는 계속 영감을 부여받고, 자신을 중요한 사람으로 느끼기 위해 당신을 원하고 필요로 할 것이다. 내 엉덩이를 걸고 내기해도 좋다!

두 번째로, 그녀의 "매니저"가 됨으로써, 당신은 미묘한 방식으로 지배적인 존재가 된다. 당신은 그녀를 **리드**한다. 당신은 그녀의 손을 잡고 있다. 그래서 그녀는 영감을 따라서 당신과 함께 가고 싶은 곳으로 갈 수 있다.

지배는 무서운 기세로 매력을 창조한다. 부분적으로는, 우리 인간에게는 생존에 유리했기 때문에 리드를 받는 자연적인 경향이 있기 때문이다.

DON'T JUST WIN DOMINATE!!!

그냥 여자에게 승리하기만 하지 마라. 지배하라!

마지막으로 말하지만 결코 무시해서는 안 될 게 있다. 당신은 문자 그대로 그녀에게 영감을 주고 있고, 긍정적으로 느끼게 하고, 자신감 있게 느끼도록 만들고 있다. 이것은 모두 즐겁고 기쁜 느낌들이다.

그리고 모든 동물들, 특히 인간의 깊은 심리적 충동에는 쾌락을 추구하고 고통을 회피하는 욕망이 있다.

당신이 즐거운 감정을 많이 주고 있으므로, 그녀는 좀 더 느끼고 싶어 한다. 그래서 자동으로 당신을 쫓기 시작하게 된다.

여기서 큰 그림이 보이는가, 친구?

매력을 창조하는 것을 묘사하는 한 가지 방법은...

그녀에게 그녀가 지금 얻고 있는 것보다 감정적으로
심리적으로, 육체적으로 또는 영적으로 더 많은 즐거움을 줄
방법을 찾아라. 그러면 그녀는 더 많은 기쁨을 얻으려고 당신을
쫓을 것이다. 인간은 심리학적으로 쾌락을 쫓고 고통을 피하게
되어 있기 때문이다.

그녀의 억눌린 스타의 꿈을 관리하는 매니저가 되어라. 그녀가
스타처럼 느끼도록 만들어라. 그러면 그녀는 매우 짧은 시간에
당신의 포르노 스타가 될 것이다.

이게 그냥 농담일까? 내가 농담하는 것일까?

농담이 아니라네, 친구. 특히 가장 짧은 시간 안에 많은 노력
없이도 더 많은 여자를 만나고 싶다면, 매니저가 되는 것이 옳은
방책이다.

6.2 실제 사례

지금까지, 나는 매력을 창조하는 몇 가지 새롭고 놀라운 방법을 당신과 공유했다. 그리고 때때로, 나는 약간씩 논란의 대상이 되었다. 하지만 더 많은 논란에 대비하기 바란다. 이제 내가 말하려는 것이 당신에게는 쇼킹한 게 될 수도 있으니까 말이다.

여자의 억눌린 스타의 꿈을 관리하는 매니저가 된다는 것은……

포주가 된다는 것이다! 잠깐만, 잠깐만. 벌써부터 날 미워하지 마라. 조금만 참고 내 말을 들어주기 바란다.

포주는 여자가 지금 가지고 있고, 어린 시절에 가졌었던 특정 꿈과 희망을 충족시켜주는 완벽한 그림을 그린다.

여자에게 그녀의 인생스토리를 묻는 것은 실제로 포주가 하는 첫 번째 일 가운데 하나이다. 헐, 포주는 짓눌린 스타의 꿈을 관리하는 완벽한 매니저 노릇을 한다. 여자를 종종 춥고 비오는, 또는 위험한 거리에 보내서 남자에게 몸을 팔아 돈을 벌어오게 하기 전까지는…….

그리고 여자에게 가까운 장래에 꿈을 이룰 거라고 믿게 만드는 것이다.

이 테크닉은 믿을 수 없을 정도로 강력하다. 너무도 강력해서 포주는 몇 년씩이나 성공적으로 이용할 수 있다.

지금쯤 당신은, "어떻게 이런 걸 다 아는 거지?"하고 궁금할 수도 있을 것이다.

사실대로 말하자면, 내가 어떻게 시작했는지 그 스토리를 읽었다면, 한동안 내가 집 없는 부랑자 신세였다는 걸 알 것이다.

단지 먹을 것과 따뜻하게 잘 수 있는 곳을 찾아 분투하는 동안 나는 매우 질이 나쁜 사람들을 만났었다. 마약상과 마약중독자들. 서빙이나 강도질을 하느라 바쁘지 않을 때 암스테르담에 있는 레드 라이트 구역으로 여자를 내보내는 남자.

거기에 대해 말하자면, 바로 내 눈앞에서 그런 일들을 보는 것이 아름다운 광경은 아니었다. 있는 그대로 말해서, 나는 살아남고 거리에서 벗어나기 위해 해야 할 일들을 했다. 누구를 물리적으로 다치게 하지는 않았다. 그리고 앞으로도 그럴 것이다.

파산하고 여자 하나 없는 상태에서, 보수 좋은 직장을 얻고 많은 여자와 데이트하는 상태로 회복한 스토리와 나 자신에 대해 많은 개선을 해야 했다고 말했을 때, 그것은 절대 거짓말이 아니었다.

나는 매우 잘못된 인생길로 거의 빠져들 수 있었다. 하지만 나 자신을 위해 긍정적인 삶을 만들고자 하는 나의 고집이 그것을 막아주었다. 나는 노숙자로의 생활과 부모님의 이혼 동안에 너무도 많은 드라마를 보았다.

어쨌든 시간제 포주가 무의식중에 내게 매니저가 되는 법을 가르쳐주었다. 그리고 1년이 지나서야 나는 그가 무슨 짓을 했고 그것이 왜 효과가 있었는지 깨닫게 되었다.

그것이 내가 그에게 정말로 고맙게 생각할 수 있는 유일한 것이다. 그것 말고 다른 게 뭐가 있겠는가? 그는 소위 "제정신이 아닌 상태에서 범죄를 저지르는(criminally insane: 1975년의 공포영화 제목이기도 하다. 1987년에 속편이 제작되기도 했다)" 타입이었다. 그리고 나는 그를 그 이상으로 알지 못해서 기쁘다.

요! 당신은 이 책에서 강렬한 이야기를 얻고 있다. 그렇지 않은가? 하지만 나는 특정한 테크닉이 어떻게 그리고 왜 매력이 작용하도록 만들 수 있는지 전체적으로 보여줘서 당신이 여러 각도에서 멀티플하게 작업할 수 있도록 하는 게 필요하다고 생각한다.

뿐만 아니라, 나는 투명성을 믿는다. 나는 매우 개방적이고 나

자신과 나의 출신, 내가 할 수 있는 것과 할 수 없는 것에 대해
정직하다.

나는 **그래야만 한다.** 그렇지 않고서야 나의 데이트
조언들이 가치 있고 유용하다고 누가 말해줄 수 있겠는가?

그렇지 않고서야 어떻게 내가 무슨 말을 하는지 알 수
있겠는가?

어떻게 다른 사람이, 내가 당신의 데이트 성공에 굉장히 신경
쓴다는 것과 나 자신의 당혹스런 속내를 기꺼이 공개해서 당신을
도우려 한다는 걸 알 수 있겠는가?

자, 그래도 계속 나아가자!

이제 데이트 게임에 있어서의 주된 힘, 여자의 심리적 욕구를
충족시켜주는 것에 대해 살펴보자. 데이트 게임에서 장기적인
성공을 달성하려고 한다면, 나는 이것이 매우 중요하며 반드시
알아야 하는 정보라고 생각한다.

7장 심리적 욕구를
충족시켜주기

모든 사람에게는 인생에서 충족되지 못한 욕구, 뚫린 구멍이 있다. 예: 아버지 없이 자란 여자는 권위를 가지고 자신을 보호해줄 지배적인 남자를 진정으로 갈망한다. 그것이 아버지를 향한 채워지지 못한 욕구를 충족시켜주기 때문이다. 그런 남자가 되어라.

7.1 심리적 욕구를 채워주는 것이 효과 있는 이유

초기에 나는 충족되지 못한 욕구를 가지고 있지 않다면, 어떤 여자도 당신에게 끌릴 수 없으며 당신이 돌봐줘야 할 욕구가 항상 있기 때문에, 사실 그것은 좋은 일이라고 설명했다.

음, 충족되지 못한 욕구는 워낙 많다. 어디서부터 시작할지 잘 모르겠지만, 그래도 한 번 해보기로 하자……

장녀

식구 중 가장 나이 많은 맏딸에게는 항상 가장 큰 책임이 주어진다. 그녀는 동생들이 어렸을 때 돌봐주었고, 또 갖가지 일들을 제일 먼저 경험하는 사람이었다.

요컨대, 그녀는 특권을 부여받았다고 느끼며 항상 지배적인 사람이었다.

장녀를 유혹하고 싶다면(그런데 이것은 외동딸에게도 똑같이 적용된다), 당신이 리더임을 강조해야 한다. 본질적으로 이렇게 말해야 한다.

"당신이 집에서 항상 주도권을 가지는 건 좋아. 하지만 지금은 나와 함께 있어. 그리고 좋든 싫든 여기서는 내가 통제해."

알다시피, 장녀나 외동딸은 자신이 보스이며 원하는 것은 항상 언제든지 얻을 수 있다고 믿도록 길러졌다. (이유: "왜냐면 내가 제일 첫째니까.")

장녀나 외동딸은 다소 버릇이 없다고 할 수 있다. 그 **버릇을 고치는** 것이 당신의 일이다!

여자에게 형제자매가 있는지와 나이가 몇 살들인지가 데이트 게임의 실제 목적과 관련 있다고 누가 생각이나 했겠는가!?

가운데 딸

가족 중 중간에 위치한 딸은 압박감을 느낀다. 그리고 그녀에게는 억압받고 있다고 믿어도 좋을 이유가 있다. 그녀는 첫째도 아니고 막내도 아니다. 그래서 그녀 생각으로는, 자신이 아무 특별한 존재도 아니라고 생각한다. 그녀가 원하는 것은 중요하게 여겨지는 것과 자유로워지는 것이 전부이다(우리 모두 기본적으로 이 인간적인 욕구를 가지고 있다. 따라서 이것은 데이트 게임에서 매우 중요하다!).

당신은 중요하게 여겨진다는 느낌을 줌으로써 그녀를 쉽게 유혹할 수 있다. (예를 들어 2장에서 말한 기쁨의 근원이 되는 테크닉을 사용할 수 있다.) 또는 흥미로운 무언가를 해서 그녀가 느끼는 압박에서 탈출구를 제공함으로써 유혹할 수 있다.

이것은 데이트 때 그녀를 약간 위험한 일이나 장소로 데려가는 것으로 아주 잘해낼 수 있다. 이를 테면, 산악자전거 등반이나 경주, 암벽 등반 혹은 여타의 활동적인 스포츠 등에 참여시키는 것이다.

그녀가 찾는 기쁨을 주면 그녀는 그것을 더욱더 원하게 된다는

것을 기억하라. 그것이 인간의 본성이기 때문이다. 기쁨을 찾고
고통을 회피하는 것.

막내딸

가장 어린 자매는 보통 자신을 **너무** 어리다고 생각한다. 무슨
말이냐면, 그녀는 스스로를 컨트롤할 수 없고, 자신의 일을 혼자서
해낼 수 없고, 일을 통제하거나 책임질 수 없는 사람처럼
느낀다는 것이다.

막내딸을 유혹하고자 할 때는, 거의 모든 것을 다른 자매들과는
정반대로 해야 할 것이다. 그녀가 통제하고 지배하게 하고 결정을
내리도록 해줘야 한다.

걱정하지 마라. 그렇다고 해서 그녀의 강아지가 되어야 한다는
것은 아니다. 그것은 그녀에게 선택의 환상, 힘의 환상을 준다는
뜻이다. 이렇게 말하는 것과 같다.

"오늘 뭘 하고 싶어? 암벽 등반할래? 아니면 스케이트 타러
갈래? 난 둘 다 재밌을 거라고 생각해! 내 생각에는 암벽 등반이
좋은 것 같아. 왜냐하면 중노동을 하고 나서 로맨틱한 피크닉을
가질 수 있잖아."

내가 어떻게 했는지 알겠는가?

나는 그녀에게 두 가지 옵션을 주었다. 내가 둘 다 좋아한다는 것을 알렸다. 그런 다음 그녀에게 내가 정말로 하고 싶은 것을 마음속으로 상상하게끔 했다.

그녀가 무엇을 고를 것 같은가? 십중팔구 그녀는 당신이 선택한 것을 고를 것이다.

막내딸이든 아니든, 여자는 여전히 리드받기를 원한다. 여자의 감정이 만드는 모든 의심과 인간으로서 갖는 군중 심리 때문에 그렇다.

그래서 결정은 내가 하면서 그녀에게 선택이라는 환상을 주었다. 이것은 한 번에 두 개의 심리적 욕구를 충족시키는 일석이조의 효과를 가진다. 중요하게 여겨지고 싶은 욕구(이 경우에는 전적으로 인정받는 욕구)와 리드받기를 원하는 욕구.

아빠를 찾는 여자

한 번은 어렸을 때 발칸 전쟁에서 아버지를 잃은 여자를 보스니아에서 만난 적이 있다. 그녀는 항상 남자의 인정을 찾는 것 같았고 그 때문에 수다도 많이 떨었다. 그리고 지배력에 항상 즉시 반응했고 절대적으로 모든 것에 대해 내게 조언을 구했다.

　　그런 다음 나는 일부는 포르투갈, 일부는 수리남(남미 북동부의 나라)의 혼혈인 여자를 만났다. 그녀의 아버지는 그녀가 어렸을 때 그녀의 엄마와 그녀를 떠났다. 전형적인 수리남 남자들이 그러듯이 여러 여자와 바람피우고 싶었기 때문이었다(또는 그렇게들 말한다).

　　그녀도 많은 남자들의 인정을 구하고 있었다. 그리고 벌이 꿀에 끌리듯이 지배성이 강한 남자에게 매혹되었다.

　　그 후로 나는 지성과 미모를 겸비한 심리학과 학생을 만났다(이 챕터의 실제 사례를 참조할 것). 그리고 마침내 깨달았다.

　　0에서 7세 사이에 아버지를 가지지 못해서 존경할만한 롤 모델이 없는 여자들은 여전히 그런 존재를 찾는 경향이 강하다. 그들은 여전히 권위 있는 남성을 찾는다.

　　저명한 심리학자 지그문트 프로이트는, 자라는 아이의 아버지와 어머니는 아이에게 있어 남자와 여자의 원형을 대표한다는 사실을 발견했다. 즉, 어린이는 남성들이 아버지와 어떻게 닮았고 여성들은 어머니와 어떻게 닮았는지 생각한다는 것이다.

사실상 프로이트는, 여자들이 전 생애에 걸쳐 무의식적으로 여러 가지 면에서 자신의 아버지와 닮은 남자를 추구한다는 것을 알았다. 반면에 남자들은 여러 가지 면에서 자신의 어머니와 닮은 여자를 원한다.

묘하다. 그렇지 않은가? 그럼에도 불구하고, 이것은 어떻게 보면 완벽하게 이치에 들어맞는다.

실례를 들어보자. 내 여자 친구 나이사의 아빠는 자수성가한 사업가이며 지적이고 생각이 깊은 사람이다. 그는 독서와 심리학을 좋아한다. 그리고 나는? 나 역시도 맨발로 일어섰고 생각이 많으며 책 읽기와 심리학을 좋아한다. 한 가지 한 가지가 모두 똑같다!

어쨌든, 아버지 없이 자란 여자는 여전히 무엇이 옳고 무엇이 그른지 말해줄 수 있는 남자, 자신을 보호해줄 수 있는 남자, 한 단계 한 단계마다 인도해주는 남자, 필요할 때 승인과 인정을 해줄 수 있는 남자를 찾는다.

한마디로, 그녀들은 아버지가 가지는 모든 특성을 찾고 있다. 그녀에게 그것을 주어라. 그러면 그녀는 영원히 당신과 함께 있을 것이다.

내가 보스니아 출신이나 포르투갈 혼혈과 관계를 계속하지 않았던 유일한 이유는 한 가지만 잘하는 데 지쳤기 때문이었다. 나는 매력 창조의 다른 면을 탐구하고 싶었고 그래서 그녀들을 떠났다.

우상숭배자

삶의 목표를 가지지 않는 사람은 인생에서 텅 빈 느낌을 가진다. 로버트 그린이 이미 그의 위대한 책 "유혹의 기술(The Art of Seduction)"에서 설명하지 않았던가?

우상숭배자는 대부분의 사람들보다 더 공허감을 느낀다. 그녀는 불안하고 자기 자신에게 만족할 수 없다. 그래서 그녀는 "마음의 구멍"을 메우기 위해 뭔가를 찾고 있다. 그녀는 누군가 또는 무언가를 숭배하고 싶어 한다. 자신보다 "높은" 뭔가에 집중해서 내부에서 느끼는 텅 빈 공허감으로부터 멀어지고 싶기 때문이다.

지금까지는 로버트 그린의 책과 나 자신의 경험에서 거의 인용한 것이다. 우상숭배자는 너무도 많은 불안감을 가진 여자이다. 그녀는 자기 자신에 대해서도 불안하게 느낀다. 그녀가

무엇을 하든지 그 불안감을 제거하는 데에는 거의 도움이 되지
않을 것이다.

그녀는 자신보다 더 큰 무언가로 주의를 산만하게 할, 자기
자신으로부터 도피할 무언가를 필요로 한다.

어려운 소리다. 나도 알고 있다. 하지만 실제로는 매우
간단하다. 당신이 좋은 이유로 뭔가 싸우고 있다면(자선 행위,
동물보호 등 무엇이든), 단순히 거기에 그녀를 참여시켜라. 그래서
그녀에게 숭배할 무언가를 제공하라.

그러나 나는 요즘 일반적으로 대부분의 사람들의 인생 전체에
목표와 목적이 부족하다고 생각한다. 사람들은 그저 절름발이 같고
마음을 마비시키는 일상으로 가득한 생활에서 지루해하고 있다.
그리고 그것은 여자들도 마찬가지다.

나는 대부분의 여성들이 어느 점까지는 우상숭배자라고 기꺼이
장담한다. 여자들은 매우 자의식적이며 우리 남자들보다
감정적이기 때문이다.

어쨌든, 여기서 말하고자 하는 요점은 이렇다. 일반적으로
여자들은, 그리고 특히 수줍음과 불안함을 많이 타는 여자들은
자신에 대한 나쁜 느낌이 스스로 멀어질 때까지 기다리지 못한다.

뭔가 자신을 위한 것을 가짐으로써, 직업이나 스포츠, 취미, 무엇이든지 자신보다 더 큰 것을 가짐으로써... 당신은 그들이 필요로 하는 도피거리를 제공해주는 것이다.

무엇보다도, 여자들은 비밀리에 당신을 부러워한다. 당신이 자기 자신을 완전히 잊게 하는 무언가를 숭배하는 것처럼 보이기 때문이다. 그리고 그들은 당신에게서 어떻게 그렇게 하는지 배우고 싶어 한다!

나이 드는 아기

여기서 로버트 그린의 공로를 인정하지 않을 수 없다. 이것은 그의 책 "유혹의 기술"로부터 나온 또 다른 예이다. 나는 이것을 실제 생활에 적용하여 한 단계 더 나아갔고 이 역시도 당신에게 드러내려고 한다.

나이 드는 아기는 단순히 성장하지 않는 사람을 말한다. 당신도 그런 여자를 알고 있을 것이다. 나이는 스물다섯이지만 18세처럼 행동하는 여자. 그리고 여전히 주말마다 놀러 다니는 여자. 또 나이는 18세지만 어린애처럼 행동하는 여자를 한둘 정도는 알고 있을 것이다.

나이 드는 아기가 죽음과 늙어가는 것을 두려워한다는 것은 당연하리라. 하지만 더 중요한 요소는 책임지는 것을 두려워한다는 것이다.

이런 유형의 여자는 일이 잘못 됐을 때 책임을 떠맡고 싶어
하지 않는다. 그래서 망할 놈의 책임은 저버리고 그냥 놀고만
싶어 한다.

그리고 여기에 심리학적 환각제가 있다. 나이 드는 아기는
책임지고 싶어 하지 않기 때문에, 당신이 책임감 있는 존재가
됨으로써 그녀를 유혹할 수 있다. 어른이 됨으로 해서 말이다.

그냥 놀고만 싶어 한다고 이런 여자들을 비판하거나 판단하지
말고 부모가 대하듯이 하라. 용서하고 그들의 젊은 열정을
사랑하라. 그러면 당신은 그녀의 완벽한 도피처가 될 것이다.

내 이전 고용주를 위해 일했던 여성들 중 하나는 삼십대였는데
매주 파티에 나갔고 18세 소녀처럼 늘 깔깔대며 웃었다. 바로
나이를 먹어가는 아기였다.

그러던 어느 날, 자기에게 남자 친구가 있다고 그녀가 말했다.
나는 그가 똑같이 책임감 결여된 멍청이일 거라고 예상했다.
열여섯 살짜리들이 춤추는 클럽에 가는 마흔 살의 변태일 거라고
생각했다.

그러나 진실은 픽션보다 더 기묘했다. 그녀의 남자 친구는 열두 명의 직원을 책임지는 자신의 회사를 가지고 있었다. 그는 봉사활동도 많이 했다. 한 마디로, 그는 그녀와 정반대의 사람이었다.

나는, 그녀의 시각으로 봤을 때 그가 세상에서 가장 지루한 사람임에 틀림없을 거라고 생각했기 때문에, 그녀가 왜 그런 남자를 좋아하는지 정말로 이해하지 못했다.

그러다가 나는, 그녀는 미숙했고 지금쯤이면 본인도 그 사실을 알고 있을 거라고 생각하기 시작했다. 그는 매우 성숙한 남자였다. 그들을 함께 묶으면⋯⋯, 그가 그녀의 무책임한 성격을 보완해줄 수 있을 것이다. 아하! 나는 알았다. 그녀에게는 자신의 아이 같고 놀기 좋아하는 측면을 보상하기 위해 그가 필요했던 것이었다.

7.2 실제 사례

여기서 부성(父性)의 결핍에 대해 배경 이야기 하나를 하겠다.

이유와 날짜는 묻지 마라. 하지만 나는 지금도 심리학을 전공하고 있던 눈부시게 화려한 여자를 만난 걸 기억한다. 그녀는 매우 솜씨 있게 나를 심리 분석했다.

내 어린 시절이 어땠는지 몇 가지 설명하고 나자, 그녀는
아버지의 부재가 나를 보통 사람보다 더 공격적이고 쉽게
흥분하는 유형으로 만들었다고 내게 말했다. 평균적인 남자들보다
더 자기 자신을 증명하고 싶어 하고 남성적인 권위자를
우러러보게 만들었다고 했다. 내게 아버지, 권위 있는 배경이
없었기 때문이라는 것이다.

거기까지는 모두 사실이었다. 그래서 나는 생각하게 되었다.

남성 롤 모델(아버지)의 부재가 남자들에게 X라는 영향을
미친다면, 여자들에게는 어떤 영향을 줄까?

나는 곧 간단한 실험을 통해 부성의 결핍이 여자들로 하여금
남자의 승인을 더 많이 찾고 지배성을 갈망하도록 만든다는
사실을 발견했다.

낯선 사람과의 우연한 만남이 자신과 인생, 데이트에 대해
가르침을 줄 수 있다는 것이 정말로 재미있지 않은가?

그래서 나는 모든 사람이 어느 면에서 당신의 스승이라고 항상
말한다. 누구도 과소평가하지 마라. 모든 사람에게는 당신에게

당신과 세상에 대해 가르침을 줄 수 있는 독특한 재능이 있기 때문이다.

책 첫머리에 가장 짧은 시간 안에 많은 노력 없이도 가능한 한 많은 여자를 만나는 방법을 당신에게 가르쳐주고 싶다고 했었다. 기억하는가?

좋다! 지금까지는 여자의 심리적 욕구를 채워주는 것이 가장 빠른 방법임을 알았을 것이다.

자, 계속 진도 나가자!

8장 모호한 존재가 되기

지그문트 프로이트는 인간은 나르시스트라는 사실을 발견했다. 남자는 남성적인 걸 좋아하는 여자에게 끌리고 여자는 여성적인 걸 좋아하는 남자에게 끌린다. 농담하는 게 아니다! 증거로 질문 하나 던져보자. 많은 여자들이 왜 게이 남자와 사랑에 빠지는지 추측할 수 있는가? 매력을 창조하는 것은, 인간의 심리는 반대되는 것에 끌린다는 점을 이용하는 것이다.

8.1 모호한 것이 효과 있는 이유

여기서 나는 지금 당장 내놓을 수 있는, 여자를 유혹하는 잘 알려지지 않은 방법을 보여주려고 최선을 다하고 있다. 그리고 당신이 이 개념이 작동하는 원리에 대한 간단한 개요를 읽을 때 이미 그렇게 생각하지 않았다면, 곧 무슨 개소리...라고 할 거라고 생각한다.

왜냐하면 친구여, 만약 데이트 게임에서 토끼굴이 얼마나 깊은지 이미 잘 알고 있다고 생각했다면, 당신은 곧 놀라게 될 것이기 때문이다!

축구와 자동차, 게임, 맥주 그리고 우리 남자들이 좋아하는 다른 일반적인 것들을 좋아하는 여자에 대해서 얼마나 많은 남자들이 환상에 잠기는지 알고 있는가?

아주 많다! 나는 당신도 언젠가 그런 공상에 잠긴 적이 있을 거라고 장담한다. 나 역시도 그랬으니까. 모든 남자가 똑같다.

그리고 여자들도 **정확히** 똑같이 한다. 그들도 오프라 윈프리 쇼, 쇼핑, 여성 취향의 영화 등을 좋아하는 남자에 대해 은밀한 환상을 품는다.

하지만… 왜?

음, 유명한 심리학자 지그문트 프로이트는 우리 인간이 미지의 것을 위험과 연결하고, 위험을 고통과 연관 짓는다는 것을 발견했다. 우리는 고통을 피하고 쾌락을 추구하는 경향이 있다. 즉, 우리에게 친숙한 것을 좋아한다는 의미이다.

사실, 프로이트는 우리가 우리와 비슷한 사람들과 친밀해지기 쉬울 뿐만 아니라, 더 빠르게 친구가 된다는 것을 발견했다.

하지만 또한 우리는 은밀하게 우리와 비슷한 이성을 갈망한다. 단순히 우리와 비슷한 사람이 덜 위험하고 이해하기 더 쉽고 관계 맺기도 더 쉬울 거라고 **가정하기** 때문이다.

인구의 90%가 고통 받고 있는, 남성에 대한 여성의 이해 부족과 여성에 대한 남성의 이해 부족을 보라.

그러므로 "반대되는" 사람보다는 그들에게 걱정을 많이 덜하게 해줄 것이기 때문에 대부분의 사람들이 자기와 비슷한 사람을 원한다는 것은 완벽하게 이치에 맞는다.

우리는 얼마나 나르시스틱(자기애)한지! 하지만 걱정하지 마라. 그것은 그렇게 나쁜 것은 아니다.

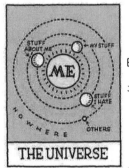

어쨌든, 나는 이 전체 프로세스를 중요한 타인이 아니라, 비슷한 타인에 대한 필요성이라고 부른다.

그리고 그 결과는 심오한 것이다. 예를 들어 그것이 미혼 여성에게 어떤 의미인지 살펴보기로 하자:

- 당신이 어떤 이유로든 닥터 필(미국의 토크쇼)을 좋아한다면(나는 좋아한다), 그것에 대해 여자에게 말하라. 그러면 당신은 비슷한 것을 찾는 그녀의 나르시스트적 욕구를 채워주게 될 것이다.

- 당신이 쇼핑을 좋아한다면, 그 또한 유리하게 이용할 수 있다.

- 가십거리를 좋아하거나 어떤 것에 관해 몇 시간이고 수다를 떨기를 좋아한다면, 그것 또한 당신에게 유리하게 이용할 수 있다.

요컨대, 여자들이 하는 것을 좋아하고 잘하라는 것이다. 그렇다고 그것이 여자를 조종할 수 있기 때문에 좋아하는 **척해야** 하라는 말은 아니다. 그것은 겁쟁이나 하는 짓일 뿐 아니라, 여자들은 그런 걸 재빨리 알아채고 당신의 엉덩이를 걷어차 버릴 것이다.

그래서 오직 보통 여자들만 좋아한다고 여겨지는 **어떤 것**이 있는지, 어떤 활동이나 취미 혹은 다른 무엇을 당신이 좋아하는 게 있는지 살펴보도록 하라.

그것을 당신에게 유리하게 이용하라. 이런 식으로 생각하라. 나는 정말로 순수하게 오프라 쇼, 닥터 필과 여성취향의 영화를(나는 영화광으로 대부분의 영화를 다 좋아한다) 좋아하기 때문에 나 자신을 운 좋은 녀석으로 여기지 않을 수가 없다.

당신은 어떤가?

그리고 나는 지금이 이 말을 할 적절한 시기라고 생각한다. 여자들이 게이 남자와 정말 쉽게 사랑에 빠지는 것도 완벽하게 이치에 들어맞는다고.

그들은 쇼핑, 패션, 반짝이는 것, 기타 모든 여성적 취향의 것들을 좋아한다. 심지어 말도 여자처럼 한다.

그렇다고 게이를 동경하거나 되라는 말은 아니다. 내 말은, 편견을 갖지 말고 좀 더 열린 마음의 소유자가 되라는 것이다. 이런 식으로 생각하라. 여자에게 효과가 있는 어떤 것을 알게 된다면, 그것을 해보고 잘할 수 있는지 알아보도록 하라.

그 점에 있어 동성애자가 되지 않고서도 그들에게서 배울 수 있는 점들이 몇 가지 있다.

그런데 만약, 여성적인 걸 좋아한다고 친구들이 조롱하거나 비웃는다면? 헤이! 최후에 웃는 승자가 누구이겠는가? 바로 당신이다! 당신이 여자들과 어울려 놀고 한 묶음의 전화번호를 따낸 뒤 돌아갈 때, 그들은 오직 술집 의자하고나 정분을 나누는 데 성공할 뿐이다.

여기서 사회가 남성적인 것, 여성적인 것이라고 간주하는 특성에 관해 말해보는 것도 의미 있을 것이다. 그래서 남성적인 것의 전형과 여성적인 것의 전형을 통해 모호함의 개념을 확실하게 파악하도록 하자.

게이가 아니라면, 여성적인 것에 초점을 맞출 필요가 있다는 사실을 명심해야 한다. 만약 그렇다면, 이 책을 읽고 있을 이유가 뭐 있겠는가? 책을 던져버리고 나가라! 지금 당장!

남성적인 것: 자동차와 레이싱, 테크놀로지, 기계, 게임, 스포츠, 맥주, 레슬링 및 다른 종류의 격투기 등

여성적인 것:. 오프라 윈프리 쇼, 말(馬), 칵테일, 닥터 필, 섹스 앤 더 시티(미국 드라마), 여성 잡지, 음악 잡지, 쇼핑, 구두, 꽃, 아기와 어린이 등.

여자들이 전형적으로 좋아하는 것들을 목록으로 만들어라. 그중 당신이 좋아하는 것은 무엇인가? 하나도 없다면, 최소한 한 번씩은 각 항목별로 시도해보기 바란다.

당신이 **적어도** 한 가지는 좋아할 거라고 장담할 수 있다.
모든 남자에게는 "쿨하지" 않다고 해서 보여주려고 하지 않는
부드러운 면이 있기 때문이다. 하지만 여자를 얻는 것과 쿨한
것은 서로 **매우** 다른 것이다.

마지막 힌트: 옷 입는 스타일. 특히 색깔. 예를 들어 핑크색은
여자의 색깔로 여겨지고 있다.

8.2 실제 사례

어렸을 때 아빠가 거의 주변에 없었기 때문에, 나는 여자들
사이에서 자랐다. 엄마와 이모, 할머니, 이웃의 가정주부들, 심지어
학창시절 대부분 동안 학교에서도 내 반의 친구들 80%가
여자들이었다.

두말할 나위 없이, 나는 남자들이 대부분 좋아하는 것보다
여자들이 좋아하는 것에 더 많이 노출되었다. 솔직히 말해서
오늘날까지 나는 자동차나 테크놀로지, 스포츠에 관해서 지금도 잘
모른다.

나는 맥주와 게임, 심지어 싸움도 좋아한다. 하지만 요점은 그게

아니다. 요점은 내가 여성적인 환경에서 자랐다는 것이다. 그래서 나는 일반적으로 사람들이 토크쇼와 수다 떠는 것을 좋아할 거라고 생각했다. 내 주변 사람들 대다수가 그랬으니까.

쇼핑과 오프라 쇼, 닥터 필과 칵테일도 마찬가지이다. 나는 어느 정도 그것들에 프로그램되었다. 그리고 여기가 재미있는 곳이다.

유치원에서조차 여자애들은 내가 무얼 그리든지 그 위에 키스 마크를 그렸고, 나중에는 내 책에다가도 온통 키스 마크를 도배했다. 그리고 항상 생일파티에 나를 초대했다.

그러다가 조금 나이가 들고 사춘기가 시작되면서 여자애들이 좋아하는 것이면 뭐든지 싫어지기 시작했다. 그러자 생일파티며 키스 마크, 모두 다 내게서 떠나갔다.

그때 나는 완전히 우둔하게 아무것도 몰랐다. 하지만 여자를 얻고 데이트를 하겠다고 의식적으로 마음먹고 프로이트의 연구 결과에 대해 되었을 때, 나는 충격 받지 않을 수 없었다!

열일곱 살이 될 때까지, 데이트도 없이 외롭고 좌절감을 느끼면서 여자에게 매우 **인기 없는** 존재로 사춘기를 보냈기 때문에 충격을 받았던 것이다.

더 어렸을 때와는 완전히 정반대였다.

그 이유를 짐작할 수 있겠는가? 당신도 알고 있으리라. 그렇다.
모호함이란 그렇게 강력한 것이다. 특히 성장기 때는 더욱더
그러하다!

(성적으로) 모호한 존재가 되어라. 그러면 짧은 기간 내에 많은
노력 없이도 많은 여자를 만나지 않을 수 없게 될 것이다.

9장 경쟁 붙이기

계속된 연구 결과 과학자들은, 여자와 함께 돌아다닌다면 평소보다 더 많은 여자들이 당신에게 끌린다는 것을 증명했다. 여자는, 다른 사람이 당신을 선택한다면, **틀림없이** 당신이 성적으로 매력적일 거라고 생각하고, 그래서 당신을 원한다. 게다가 다른 누군가와 함께 있기 때문에 당신은 얻기 힘든 존재이다. 오히려 그래서 여자들은 더욱더 당신을 갖고 싶어 하게 된다.

9.1 경쟁이 효과 있는 이유

과학자들은 한 때 공작새의 성선택(性選擇) 과정을 연구하고 싶어 했다. 그들은 암컷 공작새의 "결정"에 다른 암컷 공작새의 존재가 영향을 미치는지 알고 싶었다.

대답은, **그렇다**는 것이었다!

암컷 공작새 인형을 수컷 옆에 놓으면, (진짜) 암컷은 옆에 암컷이 없는 수컷보다 그를 더 좋아하는 경향을 보였다.

묘하게, 인간에게도 같은 진리가 적용된다. 여자들은 싱글보다 이미 여자가 있는 남자에게 훨씬 더 잘 끌린다.

왜 그럴까? 여자가 있는 남자는 이미 자기 자신을 유전적으로 증명했기 때문이다. 네, 이상하게 들리겠지만 설명은 아주 간단하다.

여자는 무의식적으로, 당신에게 여자가 있기 때문에, 여자들이 좋아하는 훌륭한 유전자를 가지고 있고 그것을 여자에게 제공할 수 있음에 틀림없다고 가정한다.

순수하게 유전적 관점에서 이것은 다음과 같은 말로 번역된다.

"당신은 이미 내 유전자에게 좋은 생존의 기회를 주기 위해 필요한 것을 가지고 있다는 것을 증명했다. 왜냐하면 그녀에게 이미 좋은 생존의 기회를 주고 있으니까."

그러고 나서 이 현상을 잘 말해주는 이른바 경쟁이라는 것이 있게 된다. 솔직히, 여자들은 남의 떡이 더 커 보인다고 생각한다. 사실, 인간으로서 우리 모두 그렇지 않은가?

여자들은 쉽게 얻을 수 있는 것보다 가질 수 없는 것을 훨씬 더

많이 원한다. 여자들은 질투한다. 더해서, 여자들은
남자들만큼이나 스릴을(이 경우에는 당신을 쫓는 것) 무척
좋아한다.

사실, 여자들은 너무나 경쟁적이어서 당신에게 "명성"이 있다면,
당신을 갈구할 정도이다. 나는 이것에 대해 전에 블로그에 내
친구 카를로스 수마(Carlos Xuma)의 글을 포스팅을 한 적이
있다. 참고삼아 그 전문(全文)을 여기 올린다.

명성 뒤에 숨은 진정한 비밀…

- 카를로스 수마(Carlos Xuma)

여자를 많이 만나고 데이트한다고 알려지는 것. 굉장히 많은
남자들이 그렇게 알려지는 것을 **두려워한다.** 그가 많은 여자를
가졌었다는 사실을 여자가 알게 되면, 그의 "바람둥이라는 명성"이
그가 말을 걸기도 전에 여자로 하여금 그를 간파하게 만들 것이기
때문에, 그것이 성공을 방해할 거라고 생각한다.

남자들은 여러 여자와 데이트를 한 것 때문에 여자들이 자기를
싫어할 거라고 생각한다. 하지만 그것은 일반적인 표면적
심리이고, **남자들이** 그렇게 생각할 뿐이다.

솔직히, 나는 여자들을 만나고 데이트를 한 것에 절대로 후회한 적이 없다. 단 한 순간도 없다. 게다가 나는 그녀들로부터 자연스러운 게임도 배웠다. 그리고 나는 논란거리가 될 수 있는 뭔가를 할 시간이라고, 명성을 가지는 것 뒤에 숨은 냉혹한 현실을 드러낼 시간이라고 생각한다.

명성을 가지는 것이 좋은 이유. 여기에 여성 심리학의 3가지 숨겨진 진실이 있다.

- 당신의 과거에 많은 여성이 있었다면, 다른 여자들은 틀림없이 당신을 그렇게 바람직하게 만드는 뭔가가 있을 거라고 생각할 것이다. 그렇지 않으면 왜 그 여자들이 당신을 원했겠는가? 이것은 호기심을 불러일으키고, 여자는 당신을 그렇게 대단하게 만드는 게 정확히 **무엇인지** 알아내고 싶어질 것이다. 다음에, 악명 높은 유혹자가 되는 것은 또한 당신을 여자의 몸만 탐내고 영혼에는 전혀 관심이 없는 배드보이(badboy: 나쁜 남자)라는 인상을 줄 것이다. 그러나 이것은 여자에게 위험과 흥분을 동시에 가져다준다. (그리고 배드보이는 자신이 원하는 것을 원할 때, 원하는 방법으로 가차 없이 취한다는 단순한 사실 때문에 여자들은 나쁜 남자를 좋아한다. 배드보이는 그로 인한 영향이나 결과에 신경 쓰지 않는다, 반면에 보통 남자는 머뭇거리고

의심하다가 아무것도 얻지 못한 채 끝을 맞이한다.)

- 또한 "더티(dirty)한 동기부여"라는 게 있다. 우리는 다른 사람이 가지고 있는 것을 원한다. 이것은 인간의 경쟁심이다. 남의 땅에 있는 풀이 더 푸르러 보인다는 것. 그리고 그녀는 앞에서 말한 이유 때문에 그 풀에 들어가서 눕고 놀고 사랑하기를 바란다. 왜냐하면 모두가 당신을 원한다면, 당신은 분명히 뛰어나기 때문이다(침대에서? 로맨틱한 면에서? 등).

- 그렇게 여자가 많은 당신이 유독 그녀를 원하지 않는다면, 여자는 자동적으로 자신에게 뭔가 잘못된 게 있음에 틀림없다고 생각할 것이다. 그녀는 자신에게 뭔가 부족하다고 느낄 것이다. (온갖 여자들과 데이트를 하면서 나하고는 하지 않는다면... 내가 진짜 여자가 아니라는 건가?) 그리고 그녀가 진짜 여자가 아니라고 생각하도록 내버려두는 것은 **진짜** 여자로서 자신을 증명하고 싶어 하게끔 만들 것이다.

이런 이유들 때문에, 여자들은 은밀하게 그리고 실질적으로 알아내고 싶어 한다.
  A) 당신이 왜 다른 여자들에게 그렇게 매력적인지,
  B) 당신을 길들여서 혼자 독차지할 수 있는지(이것은 모든 여자들의 판타지이다. 배드보이를 길들이는 것),

C) 당신이 그녀에게 관심이 없는 이유가 무엇인지. 그리고 당신이 틀렸다는 걸 증명하기 위해서 자신이 진짜 여자라는 것을 어떻게 증명할 수 있는지.

당신이 바람둥이이고 여자들과 즐기는 남자라는 사실을 **이미 알고서** 여자가 그것에 관해 물을 때, 당신이 자신은 선수가 **아니라고** 말한다면 어떻게 될까? 그런 답변은 당신이 자신감을 날조하고 거짓을 일삼는, **나약한** 존재라는 인상을 주게 될 것이다. 왜? 진짜 남자는 공개적으로 자신의 실수를 인정하기 때문이다. 반면에 거짓말쟁이 족제비는 자신의 진정한 정체를 숨기고 여자를 조종하려고 한다.

계속해서…

명성을 부정하지 않고, 사실상 공공연하게 인정함으로써 당신은 자신감을 보여준다. 그것은 타인의 의견과 여성의 아름다움을 찬미하는 것에 관심이 없다고 세상에 보여주는 것이다. 또 당신은 배드보이라는 것, 그 사실을 받아들이든지 싫으면 떠나라고 말하는 것이다… 그리고 여자들은 배드보이를 **좋아한다!**

이것이 무슨 의미인지 알겠는가? 그것은 명성이 당신의 성공에

도움이 된다는 뜻이다. 명성은 **가십**을 기반으로 한다는 것을 기억하라. 가십은 항상 과장된다. 사람들은 당신이 얼마나 나쁜 남자인지, 여자는 얼마나 많이 정복했는지, 당신이라는 존재가 얼마나 위험한지 과장할 것이다. ....따라서 당신이 얼마나 **흥미로운** 존재인지 말이다! 이것은 오직 당신의 유혹에 도움만이 된다.

그리고 진정으로 세계 수준의 바람둥이, 가장 고귀하고 존경스러운 여자조차 유혹할 수 있는 바람둥이가 되고자 한다면, 당신은 그녀가 배드보이를 길들여서 순수한 악의 히어로가 아닌 굿가이(좋은 남자)로 개혁시킬 수 있다는 아이디어를 받아들일 것이다. 그러므로 과거의 행동을 후회한다든지, 변하고자 한다든지 하는 얘기는 ~표시됩니다. 당신이 이전의 자신을 부끄러워하고, 자신의 행동에 염증을 내고 있다고 말하는 것이나 다름없다.

성공하면 그녀는 당신이 가졌던 다른 모든 여자들보다 **더 나은** 존재가 된다는 아이디어를 제공하기 때문에, 나쁜 남자 길들이기도 매우 유혹적이다. 그녀는 당신을 전부 가진 유일한 존재가 된다. 이것은 그녀의 에고를 높이 띄워주고 경쟁에 대한 그녀의 갈증을 만족시켜준다. 그리고 그것은 자신이 진짜 여자임을 증명했음을 의미하는 것이다.

이것이 바로 명성을 가지는 것의 놀라운 힘이다.

당신의 성공을 기원하며,
- 카를로스 수마 Carlos Xuma

이것은 선수, 바람둥이, 카사노바, 뭐라고 부르던지 옳고 그른 것에 관한 관점을 영원히 바꿔줄 것이다.

그리고 요점을 전달하기 위해 매우 중요하다고 생각하는, 한 가지 말할 게 남아 있다. 유전은 언제 어디서나 논리적 이성을 지배한다는 것이다.

알다시피, 인간의 뇌는 실제로 세 개의 두뇌로 구성되어 있으며 인간이 할 수 있는 일을 하도록 공동으로 협조한다.

1) 가장 오래된 뇌는 본능적 또는 동물적인 뇌이다. 그것은 감각을 포함한 신체의 기능을 관장한다. 이곳은 직감이 나오고 우리의 생존본능이 다스리는 자리이다. 그리고 필요할 때 다른 뇌의 주도권을 인계받기도 한다(예를 들어 목숨이 위협 받는 상황 같은 경우).

2) 감정 뇌. 이것은 7개의 죄(욕망, 질투, 탐욕, 교만 등)와 잠재의식, 그리고 그 사이의 모든 것에 책임이 있다.

3) 이성 뇌. 우리의 논리적 이성과 스피치 등이 나오는 곳이다.

이것이 무얼 의미하는지 알겠는가? 그 뜻은, 당신이 감정과 잠재의식의 결정에 따라 먼저 행동하고 나서 이성(논리)으로 행동을 합리화시킨다는 것이다. 감정을 다스리는 뇌가 이성을 관장하는 뇌를 지배하기 때문이다.

자, 매력(끌림)은 감정을 기반으로 한다. 우리 종(種)은 자손을 낳아야만 생존을 이어갈 수 있다. 그리고 자식 생산은 충분한 매력이 이루어진 다음에야 돌입할 수 있는 행위이다.

그 의미는, 동물적 뇌와 감정 뇌가 서로 연결되어 있어서 그것이 데이트 게임에서 여자가 좋아하는 행동을 취할지 여부를 결정한다는 것이다.

말은 그렇지 않다고 해도 여자들이 싱글보다 이미 여자가 있는 남자를 좋아하는 이유가 여기에 있다. 그것이 그녀가 당신과 함께 모텔로 들어가서 당신과 섹스를 하고, 그러고 나서 친구들에게 "그냥 그렇게 돼버렸어"라고 말하는 이유이다. (감정 뇌가 먼저 행동한 뒤에 이성 뇌가 합리적인 설명을 찾으려고 하는 것이다.)

친구여, 당신은 나중에 여자들의 뇌가 어떻게 작동하는지 이
놀라운 통찰력에 대해서 내게 고마워할 것이다.

나중에, 많은 노력 없이도 가장 짧은 기간에 최대한 많은
여성들을 만나기 시작하게 되면, 내가 여기서 공개하고 있는 이
모든 놀라운 통찰력에 대해 당신은 내게 고마워하게 될 것이다!

9.2 실제 사례

여자와 데이트에 있어 뭔가를 하도록 내게 정말로 동기를
부여해준 사람 중 하나는 셔윈(Sherwin)이었다. 그는 네덜란드령
앤틸리스(Antilles) 제도 출신으로, 아주 탁월한 선수였다.

셔윈은 소위 "자연스럽게" 이성을 유혹하는 타고난 재능을
가졌다. 이 친구는 워낙 뛰어나서 나는 그가 여자 없이 혼자서
1주일을 보냈다고 말하는 걸 한 번도 들어본 적이 없다. 그는 한
번에 세 명의 여자와 데이트를 하곤 했었다.

그 당시 유일한 문제는, 우리가 Nieuwegein라는 인구가 단지
60,000여 명밖에 되지 않는 네덜란드의 작은 도시에서 살고

있다는 것이었다. 모든 사람들이 서로 알고 있다는 얘기는 아니만, 소문이 기차처럼 빠르게 퍼지는 곳이었다.

셔윈이 미처 알기도 전에, 그가 Nieuwegein으로 오고 나서 2년도 안 되는 시간에 대부분의 여자들이 그를 알게 되었다. 그래서 나는 셔윈의 명성이 멈출 거라고 생각했지만, 그렇지 않았다. 절대로 그렇게 되지 않았다.

Nieuwegein에서만 그런 것도 아니었다. 최근에는 어땠을까? 셔윈은 도시에서 도시로 떠돌아다녔다. 그는 벨기에(Belgium)에서도 한 동안 살았었다. 그곳에서도 그는 도시를 돌아다니면서 자신의 명성을 이어나갔다.

그것이 그녀들을 서로 경쟁하게 만드는 것이 여자들을 매혹시키는 방법의 증거가 되지 않는다면, 달리 내가 무슨 말을 해야 할지 모르겠다!

그리고 오 예, 내가 몇몇 직장에서 셔윈이 했던 것과 똑같이 했다고 말했었던가? 헤이, 콜센터에서 일하는 많은 이점 가운데 하나는 내가 수많은 예쁜 아가씨들한테 둘러싸여 있다는 것이다!

10장 결점을 드러내서 스파크를 일으켜라

공포영화를 보면서 무섭지 않다고 말하는 것은 자신감을 보여주는 것이기 때문에 여자에게 다소 매력적일 수 있다. **하지만,** 실수를 했거나 약점을 가지고 있다고 인정하는 것, 그리고 그러면서도 화를 내거나 불편해하지 않는 것보다 자신감을 보여주는 더 좋은 방법은 없다. 당신이 기분 상하지 않고서도 자신의 결점을 받아들일 수 있음을 여자에게 보여주기 때문에, 그것이야말로 진정한 자신감이기 때문이다.

10.1 결점을 드러내는 것이 효과 있는 이유

여자들은 성장하면서 곧 남자와 여자는 똑같이 창조되지 않았다는 걸 깨닫는다.

왜?

왜냐하면 남자가 1주일에 여러 여자와 잠을 자면 영웅이라고 여겨지지만, 반대로 여자가 1주일에 여러 남자와 잠을 자면 걸레라고 간주되기 때문이다.

그리고 또 여자들은 자신이 감정과 결점, 불안을 표현하는 것은 허용되지만, 남자들이 똑같이 그렇게 하면 사람들의 조롱을 받는다는 사실도 알게 된다.

우리 남자들은 분노와 기쁨을 제외하고 패배를 인정하거나, 사과하는 것, 눈물을 흘리는 등의 감정을 내보이는 것은 "남자답지" 못하다고 믿게끔 길러진다. "아이고! 아기처럼 그만 좀 울어!" 우리는 이렇게 길러진다.

여자들은 이 사실을 안다. 그들은 우리가 감정을 표면에 나타내지 않도록 배운다는 것, 하지만 여전히 깊은 곳에서는 감정을 느낀다는 사실을 알고 있다.
  - *"아이구, 아기처럼 울지 좀 마!" 우리는 이렇게 길러진다.*

또한, 여자들은 우리가 지배적인 남자가 되도록 가르침 받는다는 것도 알고 있다. 따라서 패배를 인정하는 것은(실수를 인정하는 것은), 무의식적으로, 순종해야 한다는 걸 의미하기 때문에 우리에게 잘못된 느낌을 준다.

"미안해! 내가 어떻게 보상할 수 있을까?" (해석: 올바로
고쳐놓으려면 뭘 해야 할지 말해줘. 지금은 당신이 보스야.)

간단히 말하면, 여자들은 마초(macho) 같은 행동에 빠지지
않는다. 절대로. 머리가 없거나 문고리처럼 아둔하지 않는 한.
(불행히도 대부분은 그렇지 않다.)

이게 무슨 의미인지 알겠는가?

지배성을 보인다든지 하는 전형적인 남성적 행위는 올바르게
하면 효과가 있을 수 있지만… 감정을 드러내거나 결점이나
실수를 인정할 때 진정으로 여자를 얻을 수 있다는 뜻이다.

왜냐하면 당신이 그렇게 하기 시작할 때? 당신은 비록 그렇게
하기로 되어 있지는 않다는 걸 알지만, 그래도 여전히 하고

있으며, 또 그것에 대해 개의치 않는다는 사실을 여자에게 알릴 것이다.

그것은 당신의 새 차나 다른 마초들이 뻥치는 것 중 하나로 여자와의 게임에서 어떻게 이겼는지 말하는 것보다, 당신이 얼마나 자신감 있는 남자인지에 대해 여자에게 훨씬 더 많이 말해준다.

내가 자주 나의 내면 게임 뉴스레터에서 언급하듯이, 자신감은 여자에게 매력적이다. 그리고 당신이 자신감 있다는 걸 그녀들에게 보여주고 싶다면? 그렇게 하는 가장 좋은 방법은 전형적인 남성적 행동이 아니라고 여자들이 알고 있는 무언가(예를 들어, 감정을 숨기는 것 등)를 하고, 이후에 그것에 대해 유감을 갖거나 부끄러워하지 않는 것이다.

이것은 우리에게 기회의 세계를 열어준다! 그것은 특히 주위에 여자가 있을 때 실수를 인정해도 괜찮다는 의미이다. 물론 하는 일마다 실수로 만들어서는 안 된다. 그러면 당신은 부정적인 사람이 되고, 여자가 가지는 관심의 불꽃을 꺼뜨리게 되기 때문이다.

이것은 또한 모호한 존재가 되어야 하는 또 다른 이유이다. (8장 참조.)

그리고 여기에 달콤한 비밀이 있다. 당신과 그녀 사이의 매력의 큰 부분은 그녀가 당신과 함께 느끼는 연결감이다. 다시 말해서, 그녀가 당신 주변에서 얼마나 편안하고 안전하며 기분 좋게 느끼느냐에 관한 것이다.

여자가 당신 주변에서 더 안전하고, 더 편안하며 더 기분 좋게 느끼는가? 그럴수록 더 빠르고 더 쉽게 그녀는 당신과 함께 다음 레벨로 들어갈 것이다. 여기서 다음 레벨이 두 번째 데이트인지, 키스나 혹은 섹스인지는 상황에 따라 다를 것이다.

그래서 어떨 것 같은가?

여기서 약간의 불완전함, 저기서 또 약간의 완전하지 못함을 드러냄으로써, 당신은 여자에게 당신이 그녀 주위에서 편안하고 안전하게 느끼고 있다는 것을 알린다. 그것은 마찬가지로 그녀도 긴장을 풀고 편안하게 지내라고 알려주는 시그널이다.

그리고 사람들은 낯선 사람과 대화할 때 주저하는 경향이 있으므로, (사람들은 무엇을 말하고 무슨 말을 해서는 안 되는지 매우 신중하게 생각한다) 당신은 민감한 주제에 대해 당신과 함께 얘기할 수 있다는 신호를 제공하는 것이다. 그리고 친구여, 그것은 그녀와 서로 연결되어 있다는 감각을 만들어준다.

연결감이 강할수록, 매력도 강해진다. 그러므로 어떤 뜻에서는, 작은 결점이 남자의 최상의 친구가 될 수 있다. 날 믿어도 좋다!

10.2 실제 사례

내가 열일곱 살로 아직 데이트 게임에서 신인일 때, 나는 너무 불안해서 여자의 전화번호를 묻지 못했다. 그래서 나는 소셜 네트워크 사이트에서 엄청나게 많은 여자들과 대화를 나누고 전화 대신 채팅할 수 있게 MSN 메신저 주소를 물었다.

참고로, MSN 메신저는 네덜란드에서 가장 인기 있는 채팅 소프트웨어이다. 12세~17세의 청소년 중 90% 이상이 사용한다.

어쨌든, 나는 이미 몇 년 동안 MSN을 사용해왔다. (실제로 나는 내 고향에서 MSN을 처음 사용한 사람 가운데 하나였다) 그리고 혼자 힘으로 나름 잘하고 있었다.

여자의 MSN 주소를 얻어내거나, 그녀로 하여금 MSN을 통해 내게 온갖 종류의 포옹과 키스, 사랑의 이모티콘을 보내게끔 충분한 매력을 만들어내는 것은 내게 어려운 일이 아니었다. 아하, 풋사랑의 좋았던 시절!

나는 거기서 인터넷 카사노바가 되려고 노력하고 있었다.
그러고 나서 내게 얼마간의 힘든 시간이 다가왔다. 나는 내
문제를 편안하게 얘기할 사람이 집에는 아무도 없다고 느꼈다.
그래서 나는 인터넷에서 대화 창구를 만들었다.

나는 내 문제에 대해 온라인에서 만난 지 얼마 안 된
여자들에게 얘기하기 시작했다. 달리 말할 사람이 없었기
때문이었다. 그런데 있지, 이상한 일이 일어났다. 여자들이 갑자기
내게 언제 만날 수 있냐고 묻기 시작한 것이었다.

처음에는 그저 행운이 연달아 일어나거나 뭐 그런 것으로만
생각했다. 그래서 나는 가벼운 마음으로 돌아다니다가 문득
알아차렸다. 만약 내가 처음에 항상 하던 일을(여자를 웃게 하고,
약간씩 놀리고, 이런저런 수다를 엄청 떠는) 하고 나서 나약함과
약간의 결점을 보였더라면?

그녀들은 온라인으로 여자를 만난 뒤에 이틀, 3일, 4일 동안
항상 하던 것을 했을 때보다 훨씬 더 많은 관심을 내게 보였다.

그때 나는 나약함, 결점, 또는 뭐라고 부르든지 간에 그런 것을
보여주는 것이 빈틈없는 녀석으로 여겨지는 것보다 효과가 더
좋다는 것을 깨달았다.

그것도 말이 된다. 오로지 강하기만 하고, 항상 무슨 말을 하고 무엇을 해야 할지 알고 있는 완벽한 사람은 세상 어디에도 없다. 그리고 여자들은 조랑말이 아니라 진짜 남자를 원한다. 실수와 결점은 당신을 인간으로, 그리고 진짜로 만들어준다.

11장 성적으로 공격적인 존재가 되어 그녀의 사랑을 얻어라

요즘 시대의 남자들은 한 무리의 겁쟁이들이다. 그들은 감히 자신에게 매력을 느끼는 여자를 솔직하게 잡아채고 어떻게 해보려고 하지 않는다. 반면에, 여자들은 이런 신체적인 공격성을 좋아한다. 만약 당신에게 매력을 느낀다면, 그녀들은 당신이 과감하게 덤벼들어주기를 바란다.

11.1 성적으로 공격적인 존재가 되는 것이 효과 있는 이유

그거 아는가? 우리 "현대인"들은 모두 우스꽝스럽고 작은 생물이다.

알다시피, 남자들은 물리적인 방법으로 다른 남자를 이겨서 지배성을 (그리고 "여자를 얻는 것도") 획득해 왔다. 그런데 문명이 발달한 현대에 이르러서는, 열에 아홉은 정신적인 방법으로 그렇게 하게 되었다.

여기서 잠깐 옛날로 돌아가보자.

지배성은 단순히, 우리가 아직 부족사회를 이루고 있었을 때, 부족에서 가장 지배적인 남자가 부족에서 대부분의 자원(음식, 피난장소, 의류 등)에 대한 권리를 주장할 수 있었고, 이것은 여자에게 최고의 생존 기회를 주었기 때문에 매력을 창조한다.

유전자는 이기적이기 때문에, 그것은 종의 생존을 최고로 보장하는 기회를 찾는다.

그리고 여자들이 지배성을 가진 남자를 성적으로 선택하기 시작한 이유가 그것이다. 지배적인 남자는 여자를 자신의 팔 안에 두고 그녀와 자식들에게 높은 생존의 기회를 제공할 수 있었기 때문이다. 지배성은 종의 생존과 번식에 유리하게 기여했고, 따라서 매력을 만들어내는 하나의 요인이 되었다.

여기에 재미있는 부분이 있다. "현대"에는 물리적인 방법으로 다른 사람을 지배하려 드는 것은 "야만스러운" 것으로 간주된다.

간단히 말해서, 만약 사람들에게 폭력을 행사해서 복종하게 만든다면, 당신은 '잡종, 개자식"으로 여겨진다는 것이다.

하지만 이것은 사회가 힘을 위주로 하는 물리적 사회에서 정신 능력을 위주로 하는 사회로 바뀌었기 때문이고, 그렇다고 해서 매력의 법칙이나 우리의 생물학적 본성이 변한 것은 아니다.

물리적인 힘을 지향하는 사회에서 정신적 능력을 지향하는 사회로의 변형은 지난 2천여 년 동안에 이루어진 것이고, 물리적 지배성과 매력은 수십만 년에 걸쳐 지속되어온 것이다. 그리고 그 의미는 그것들이 데이트 게임에서 여전히 역할을 맡아 수행하고 있다는 것이다.

심지어 현대사회에서도 여자에게 성적으로 공격적(지배적)일 때, 당신은 머리로 하는 방법보다 더 많은 매력을 더 빠르게 창출하게 된다.

그래서 이제 나는 당신에게 약간의 과학적 증거를 제시한다. 이제 성적으로 공격적인 것에 대한 기초적 사실을 살펴볼 시간이다.

먼저 성적으로 공격적인 것(지배성)이 의미하는 바가 아닌 것부터 시작하자.

- 성적으로 공격적인 것은 당신이 접근하고 싶은 여자와 얘기하는 다른 남자에게 폭력을 휘두르는 것이 아니다.

- 성적으로 공격적인 것은 자기를 소개하기도 전에 잘 알지도 못하는 여자의 입에 혀를 집어넣으며 억지로 입을 맞추는 것이 아니다. 또 남근을 꺼내서 구강 섹스를 해달라고 요구하는 것도 아니다.

- 성적으로 공격적인 것은 백만 번은 No라고 말한 여자에게 계속 섹스를 하려고 덤벼드는 것이 아니다.

성적으로 공격적인 것은, 또는 성적으로 지배적인 것은(나는 이렇게 부르고 싶다), 요청하지 않고도 당신이 획득한 것을 취한다는 것을 의미한다.

예: 당신은 몇 분 동안 한 여자와 얘기하고 있다. 그녀는 킥킥 웃으며, 당신에게 관심이 있다는 신호를 주고 있다.

언젠가 함께 데이트하지 않겠냐고 묻는 대신, - 이는 당신과 나 같은 대부분 평균적인 남자들이 하는 행동이다 - 당신은 이 상황에 조금 다르게 상황에 접근한다.

여기에 여자를 거리에서 만날 때의 예가 있다. :

"있잖아. 어디 가서 한 잔 합시다." 그러고서 당신은 그녀의 손을 잡고 부드럽게 당기면서 계획했던 곳으로 그녀를 데려간다.

이것이 성적으로 지배적인 행동이다! 그리고 나를 믿어라.
이것이 언제 데이트하지 않겠냐고 묻는 것보다 훨씬 더 좋고 훨씬
더 빠른 효과를 발휘한다.

왜냐고? 음, 위에서 설명했듯이, 여자들은 **본능적으로**
여전히 물리적(신체적) 지배성을 정신적인 것(그녀에게 무엇을
해야 한다고 말하는 것)보다 더 나은 신호로 반응하도록
프로그램되어 있다. 그리고 지배성은 매력적이다.

게다가, 여자에게 데이트할 수 있냐고 묻는 것은 지배적인
것과는 언제나 정반대이다. 그것은 여자에게 허락을 구하는
것이며, 호감도를 떨어뜨린다.

11.2 실제 사례

한 때 나는 한여름에 동유럽 출신의 여자와 데이트를 했었다.
네덜란드에서도 놀라우리만큼 더운 날이었고, 우리는 시내
중심가를 걷고 있었다.

나는 그날 일찍 그녀에게 커피 한 잔 하기로 약속했지만,
바깥보다 훨씬 더 더운 실내로 들어가고 싶지 않았다.

젠장, 나는 그녀가 어디 가서 함께 커피를 마시자고 열 번은
넘게 졸라대는 바람에 화가 났다. 나는 그녀와 좀 더 개인적인
장소로 가고 싶었다.

그날 전에는? 나는 항상 여자의 욕구를 존중했었다. 여자가
이렇게 하고 싶어 하면, 별로 좋아하지 않더라도 보통은 따르곤
했었다. 대신에 나는 그저 까다롭게 굴고 여자를 심하게 놀리는
것으로 부족한 나의 지배성을 보완하겠다고 생각했고, 보통은 그게
잘 먹혔다.

하지만 그날, 나는 화가 나서 속으로 생각했다.

"그거 알아? 난 아이스크림을 먹고 싶다고. 그리고 저기 저
공원에 가서 땀 좀 식히고 싶단 말이야. 설사 널 잡아 질질 끌고
가는 한이 있더라도."

그래서 이 "이유 없는 반항"이 그녀에게 불쑥 내뱉도록
만들었다. "커피는 무슨 놈의 얼어죽을 커피." 그런 다음 나는
그녀의 손을 잡고 가까운 아이스크림 가판대로 끌고 갔다. 그러고
나서 내 행동을 완전히 깨닫게 하는 소리를 들었다.

킥킥대는 웃음소리였다.

나는 놀랐지만 우연의 일치일 거라고 생각했다. 그래서 가판대 주인이 콘 위에 아이스크림을 얹어줄 때까지 기다렸다가 다시 그녀의 손을 잡고 공원 방향으로 이끌었다.

다시 킥킥 웃는 소리가 들렸다.

나는 분명히 먼 길을 돌아왔다. 하지만 그것은 인생에서 내가 여성에게 성적으로 지배적인, 물리적으로 지배적인 존재가 된다는 것의 가능성을 깨달은 첫 번째 순간이었다.

이후로 나는 클럽에서 여자들이 내게 관심이 있다는 몇 가지 사인을 알아차리자마자 똑바로 나아가서 솔직하게 그녀들을 잡아챘다. 오래지 않아 첫 번째 데이트에서 내 품을 파고들며 내게 뜨거운 키스를 퍼붓기 시작했다. 내 미들 네임이 "로미오"이기라도 한 양 나를 밀어붙였다.

여기서 내가 말하려는 요점은 이렇다. 여자가 당신 주위에 있을 때 킥킥거리고 많이 웃으면서 아무 이유 없이 당신을 만지거나, 또는 어떤 "싸움놀이"를 할 때가 있는가?

그 때가 당신이 성적으로 지배적인 존재가 되어 수작을 걸 때이다. 그것은 열에 아홉은 당신이 원하는 것으로 **정확하게** 이끌어줄 것이다!

12장 술사(術士)가 되어 그녀가 당신을 쫓게 하라

여자의 기분과 필요, 욕구에 적응하면, 당신이 그녀가 필요로 하는 것을 제공하기 때문에, 그녀에게 당신은 항상 그녀가 무엇을 원하는지, 또 그녀를 어떻게 대해야 하는지를 잘 알고 있는 것처럼 보일 것이다. 남자들은 여자가 무엇을 원하는지 모르는 것으로 악명이 높다. 이것이 여자가 지금 바로 이 자리에서 하나 둘 셋 하고 말하는 것보다 더 쉽게 여자의 욕구를 알아차리는 남자에게 빠지는 이유이다!

12.1 술사가 되는 것이 효과 있는 이유

지겹겠지만 여기서 다시 지그문트 프로이트의 업적이 얼마나 중요한지 말하고자 한다. 이 책 여러 곳에서 나는 모든 인간의 기본적인 충동에 대해서 언급했다. 그것은 보편적인 욕구로서 중요하게 여겨지고 싶은, 인정받고 싶어 하는 욕구이다.

헐, 나는 인간 본성의 이 기본적인 충동이 우리가 에고를 발전시키도록 만들었다고 생각한다. 하지만 요점은 그게 아니다.
내 요점은 이렇다.

만약 당신이 여자의 기분과 필요, 욕구에 잘 적응한다면?
그러면 당신은 그녀의 감정(그녀와 그녀의 에고)이 당신이 거기에
적응하고 또는 따라할 만큼 중요하다고 그녀에게 간접적으로
알려줌으로써 그녀의 에고를 어루만지고 있는 것이다.

다시 말해서, 당신은 인정받고 싶어 하는 그녀의 욕구를
충족시켜주고 있는 것이다. 중요하게 여겨지고 싶어 하는 욕구를
말이다.

나는 이것이 개인주의가 팽배한 현대에 여자를 유혹하는 데
있어 매우 중요하다고 생각한다. 많은 사람들이 스마트폰이나
아이팟, 태블릿으로 음악을 듣고 실제 얼굴을 보고 대화하는
것보다 페이스북의 친구들에게 "얘기"하면서 시간을 보내고 있다.

우리는 이렇게 개인주의적으로 되었다…

그리고 노인과 여성들은 갈수록 자신들의 중요성이 줄어들고
있다고 느낀다. 여기서 경험으로부터 나온 얘기를 잠깐 한다면, -
풀타임으로 전일제 직장에서 일하기 시작하자마자, 그리고 회사에
문제가 생기거나 상사가 당신의 일에 만족하지 않게 되자마자,

당신은 자신이 얼마나 소모품과 같은 존재이며 중요하지 않다는 걸 뼈저리게 알게 될 것이다.

간단히 말해서, 여성들은 갈수록 자신을 덜 중요하게 인식하도록 만들어진다. 따라서 이 요소는 매력을 창조하는 데 있어 점점 더 중요해질 것이다.

뿐만 아니라, 여기서 남녀 간의 성대결도 잊지 말자. 남자와 여자 사이에는, 여자는 남자가 어떻게 움직이고 남자는 여자가 어떻게 움직이는지 전혀 모른다는 오래된 오해가 있다. 이것은 남녀 모두가 진정으로 자신을 이해하는 사람을 찾게 한다. 헐, 이것은 보편적인 추구사항이 되고 말았다.

보통 이런 추구의 대상은 "Miss Right(이상적 여성)" 또는 "나를

알아주는 남자" 식으로 표현된다. 이것은 모두 이성에게
인정(이해)받기를 바라는 욕구에서 유래되었다.

어쨌든, 당신이 기분을 맞춰주면서 인정받고 중요하게 여겨지고
싶은 여자의 욕구를 채워줄 때 어떻게 될까? …열화와 같은
매력을 창조하게 된다. 그리고 당신이 이 책을 읽고 있는 이유
또한 그것이 아닌가? 더 많은 여자를, 전보다 더 탁월하고 쉽게
유혹하고 싶어서가 아닌가?

그렇다면, 술사(術士)가 되는 방법은?

오케이, 당신이 막 아주 섹시한 여자를 만났다고 하자. 그런데
그녀가 가장 친한 친구의 중요한 생일이 다가오고 있는데, 친구를
위해 무얼 준비해야 할지 몰라서 기분이 좋지 않다고 한다.

여기가 당신이 자신도 "생일선물을 뭘 해줘야 할지 모를" 때
똑같이 형편없는 기분이 든다고 하면서 그녀와 연관을 맺는
자리이다. 또는 XYZ 때문에 마찬가지로 기분이 좋지 않다고
언급하면서 그녀와 상징적인 연결을 짓는 것이다.

본질적으로, 상황이나 그녀가 느끼고 있는 감정에 직접 연결
짓는 것이다. 여자가 감정을 표현하거나 그녀가 감정적인 걸 볼
때마다 이렇게 하라. 그런데 감정적이라고 할 때 나는 긍정적인

감정을 말하는 것이다.

결과: 여자는 당신이 정말로 "그녀를 이해한다"고 느낄 것이다. 당신은 항상 그녀가 감정을 충분히 느끼게끔 하고 혼자만 그런 감정을 느끼는 게 아님을 알게 해서 그녀를 응원하는 법을 정확히 아는 것처럼 보인다. 당신은 그녀에게 자신이 중요하다고 느끼게 해준다!

여기서 인정받기를 바라는 인간 본성의 기본적 충동이 작용하는 게 보이는가? 그러길 바란다, 친구.

추신: 공통적인 상황과 관심사를 찾는 것은 일반적으로 여자를 매혹시키고자 할 때 효과가 좋다. 왜냐하면 당신과 하나로 엮이는 여자의 감정이 성적 긴장에 있어 큰 부분을 차지하기 때문이다.

앞에서 설명했듯이, 여자는 당신 주변에서 안전하고 편안하게 느낄수록 다음 레벨로 넘어가기를 바랄 것이다.

그리고 그것은, 당신이 두 사람이 함께 있어봤던 상황에 대해 얘기하거나 공통의 관심사, 또는 두 사람이 함께 경험하고 있는 감정에 대해 말함으로써 매력을 만들어낼 수 있다는 걸 의미한다.

때때로 매력을 창조하는 것은 매우 미묘하게 이루어질 수 있지만, 중요한 것은 각론이다.

남자들 대부분은 이렇게 할 때 당신이 무얼 하고 있는지 인식하지 못한다. 그들은 당신이 잡담을 하고 있거나 계집애 같이 군다고 생각할 것이다. 하지만 당신의 팔에 여자의 팔짱을 끼우고 떠날 때 그들의 얼굴에 나타나는 표정을 보아야 한다!

술사가 되는 것에 대해 더 많이 알고 싶은가? 그렇다면 더 많은 걸 얻게 될 것이다, 친구!

당신이 데이트 게임에 들어간다면, 여기에 놀라운 두 마디 말이 있다. **상실을 인식하게 하라.** 여자에게 기쁨의 근원과 고통의 근원이 되는 것이 매력을 만드는 데 탁월한 효과를 발휘하는 것처럼, 제공했던 중요성과 인정을 **거둬들이는 것** 또한 마찬가지로 매우 강력하다.

그녀는 연예인이 몇 년 후에 복귀해서 다시 스포트라이트를 받으려고 최선을 다하듯이, 당신의 존중과 인정을 되찾으려고 뭐든지 다할 것이다.

12.2 실제 사례

데이트와 여자에 대해 의식적인 노력을 기울이기 전에 내가
여자에 대해 유일하게 알고 있었던 것은, 여자들이 그 무엇에서나
모든 것을 얘기하기 좋아한다는 사실이었다.

나는 여자들, 많은 여자들 속에서 자랐다. 그리고 그것이 내가
처음으로 알아차린 것이었다. 그래서 나는 여자와 있고 싶을 때
그냥 순수하게 얘기만 하려고 했다. 나는 정말로 여자들과 얘기를
잘하려고 노력했다.

나는 몇 시간씩 한 여자에서 다른 여자와 그녀들의 전 남자
친구에서부터 취미에 이르기까지, 왜 무엇은 미친 듯이 좋아하고
왜 무엇은 끔찍이도 싫어하는지 등 모든 것에 관해 얘기하면서
시간을 보냈다. (그런데 이 두 가지는 여자와 대화하기 아주 좋은
주제들이다)

어떤 시점에 나는 여자의 감정과 공감하는 것을 정말로 잘하게
되었다. 그러자 한 여자가 내가 그녀에게 데이트를 청하기를
바라는 온갖 종류의 힌트를 주기 시작했다.

하지만 그 당시 나는 여자들이 내게 관심이 있다는 사인을
알아차리지 못했다. 그래서 첫 부분은 잘해놓고서도 실제로 그
모든 노고의 대가를 받아야 할 때 일을 망치기 일쑤였다.

왜냐하면 그 당시 나는 아직 행동에 착수해서 실제로 데이트를 요청해야 할 타이밍이 있다는 걸 깨닫지 못했기 때문이다. 그러나 깨닫지 못했다 해도 나는 이미 느리지만 확실하게 매력 창출의 기본 원리 중 하나를 마스터하고 있었다.

인간의 기본적인 충동은 중요하게 여겨지고 인정받고자 하는 욕구이기 때문에, 여자에게 자신이 중요하다는 느낌과 인정을 주는 남자는 여자를 얻는다.

프로이트가 옳았다. 여자들은 그것에 반응한다. 그러므로 그런 게 있을 리 없다고 가정하거나, 당신의 이익을 위해 이 팁을 이용할 것인지 결정하도록 하라.

무엇을 하던지 간에 효과가 있는 걸 찾는다면, 계속하면서 덤으로 약간의 실험을 직접 해보도록 하라.

바퀴를 처음부터 다시 만들 필요는 없으며 멋진 생각도 아니다. 그래서 내가 말하는 것들 몇 가지를 시도해 보라고 강하게 권하는 것이다. 효과 있는 것을 찾아서 계속 해나가면서 부가적으로 다른 팁들을 시도해보라. 데이트 게임에서 매번 모든 걸 처음부터 시작할 필요가 없다.

지금 당장 실천에 옮기도록 하라.

그리하면 여자를 끌어당기는 자석이 되는 것은 당신이 도달할
수 있는 목표가 될 것이다. 그것도 몇 주 안에 이룰 수 있는…

고통의 근원으로 시작해서, 여자들이 경쟁하게 만들고, 심리적
욕구를 채워주고, 모호한 존재가 되고, 고상하지 않은 존재가
되고, 내가 말한 다른 모든 것을 행동에 옮겨라…

그러면 나는 **장담**할 수 있다. 당신은 가장 짧은 시간 안에
많은 노력 없이 가능한 한 많은 여자를 만나게 될 것이다. 그것도
그녀들의 감정을 상하게 하지 않으면서.

이것이 내가 약속한 것이다. 당신을 이 책을 위해 그것을
달성할 수 있다. 이제 내게 말해다오. 내가 약속을 제대로
지켰는지 아닌지.

그 답은 당신과 나 둘 다 알고 있을 것이다.

13장 마지막으로…

이제 여기까지 왔다. 이 책에 있는 모든 팁은 단지 데이트 게임에서 당신을 기다리고 있는 매력을 창조할 수 있는 모든 기회들의 시작에 불과하다. 훨씬 더 많은 성공이 당신을 기다리고 있다. 그리고 나는 당신이 그것을 이루도록 돕고 싶다.

당신의 성공을 기원하며,

데니스 미에디머(Dennis Miedema)
www.Win-With-Women.com.

추천서적

☞ 픽업아티스트, 데이빗 엑스의 룰 : 데이빗 엑스 지음
미에디머 지음

☞ 픽업아티스트, 여심공략법 : FreeDatingBooksOnline 제공

☞ 그녀를 내것으로 : 클레어 워커 지음